O verão do Chibo

Vanessa Barbara
e Emilio Fraia

O verão do Chibo

ALFAGUARA

Copyright © 2008 by Vanessa Barbara e Emilio Fraia
Todos os direitos desta edição reservados à
Editora Objetiva Ltda.
Rua Cosme Velho, 103
Rio de Janeiro — RJ — Cep: 22241-090
Tel.: (21) 2199-7824 — Fax: (21) 2199-7825
www.objetiva.com.br

Capa
Mariana Newlands

Imagem de capa
© Bill Binzen / Corbis / LatinStock

Revisão
Raquel Corrêa
Sônia Peçanha
Rodrigo Rosa

Editoração eletrônica
Abreu's System Ltda.

CIP-BRASIL. CATALOGAÇÃO-NA-FONTE
SINDICATO NACIONAL DOS EDITORES DE LIVROS, RJ
F875v
      Fraia, Emilio
         O verão do Chibo / Vanessa Barbara e Emilio Fraia. - Rio de
      Janeiro : Objetiva, 2008.

         115p.   ISBN 978-85-60281-51-0

         1. Romance brasileiro. I. Barbara, Vanessa. II. Título.

08-1589.   CDD: 869.93
                                  CDU: 821.134.3(81)-3

Ao Mandaqui

Michel: *Vamos fazer um cemitério.*
Paulette: *O que é um cemitério?*
Michel: *É onde põem os mortos para que fiquem juntos.*
Paulette: *Por que os põem juntos?*
Michel: *Para que não se aborreçam.*

Jeux Interdits, 1952, RENÉ CLÉMENT

1

Lá estão os meninos no corredor de milho onde o tiroteio começa; o Bruno escapa na dianteira com a barriga mole de tanto rir, atrás vem o Cabelo que cai sempre nos mesmos buracos e abre fogo com munição colorida — posso jurar, mesmo de longe, que o bombardeio de balas de goma tomou o campinho e riscou o ar feito serpentina. Meu irmão, o Chibo, ia no banco de trás. Eu estava no do passageiro, de joelhos, com a cabeça pra fora.

  Pela janela avistei o Cabelo que não conseguia alcançar ninguém, ainda mais entre os pés de milho, e novamente o espião búlgaro chegaria à fronteira do país neutro sob uma chuva de masca-masca sabor banana, talvez ferido nas costas, subiria a escada de sisal da casa da árvore e gritaria mulherzinha mulherzinha. O Cabelo diria que não valeu porquessim, porque a brincadeira já perdeu a graça e os planos de Sua Majestade estavam criptografados ou a Bulgária não existia de todo (no que decerto teria razão). Seria acometido da mais gorda e suntuosa birra desde os tempos do prezinho e iria bater nos meninos mais novos. No Chibo não, claro. De todos, o meu irmão era o mais velho, tinha acabado de fazer doze anos, ele era forte, sempre me defendia e — Olhei pelo retrovisor. Ele estava quieto: as palavras sumiam de vista feito uma estação fora do ar. Quando o carro parou, eu saltei com um pé só, e o Chibo, cheio de relâmpagos, nem se mexeu. Ficou lá, distante. Tentei dizer alguma coisa, mas peguei soluço ao bater a porta do carro (e sei que todo mundo ri quando começo uma frase e sou interrompido por um soluço, entrecortado por um susto que me faz perder o equilíbrio), então me calei. Engoli a respiração e fiquei vendo o carro diminuir, diminuir cada vez mais, depois sumir pela borda do milharal.

Na plantação, o Cabelo vinha na direção do Bruno, de banda, como desgovernado. O Bruno acelerou com força (os pulsos firmes), disparou uns restos de mato por cima do ombro — a essa altura eu também corria sem saber direito por quê — e nos cruzamos no ponto médio entre a casa da árvore e a estrada. Ou melhor, quase fui atropelado: ele passou voando por mim e me girou feito uma catraca, levando uma nuvem de poeira e vento sul de mormaço. Eu tossia e soluçava em seqüências alternadas e mal conseguia abrir os olhos quando (o soluço passou) surgiu o Cabelo em alta velocidade e, plof, me derrubou. O chão estava quente, dava pra fritar as mãos; aos poucos, a plantação começava a queimar e ficaria pior, mas naquele dia caiu um temporal de machucar as costas, desses que acabam em cinco minutos e deixam um rastro de civilizações e formigas submersas.

Sem parar, o Bruno olhava pro céu com a boca aberta e tentava engolir os pingos. Não percebeu que a terra já escorregava e que as chances de acontecer uma derrapagem eram tantas quanto nosso amontoado de tralhas da casa na árvore, de modo que ele patinou, patinou e perdeu um sapato. Praguejou algo que eu não ouvi e seguiu correndo de meias. Logo atrás, o Cabelo parou, apanhou o artefato e classificou-o como prova A da Promotoria — mas nem chegou a pedir autorização do juiz para girar o tênis pelo cadarço e arremessá-lo a distância. Plof: uma artilharia de palmilha e cano alto bem na mira do espião búlgaro.

Apesar do ferimento de calibre 35/36 nas costas, o Bruno continuou correndo. Arrastava-se aos tropeços, imaginando sua consagração como herói nacional. A perseguição passaria na tevê em câmera lenta, depois o povo o aclamaria em carro aberto. Ele mostraria aos tataranetos a marca da sola durante um churrasco da família e contaria longas histórias de guerra, talvez até participasse de encontros de veteranos e coisa e tal.

O Bruno chegaria à casa na árvore, de fato, não fosse a intervenção da Grande Poça, a mãe de todas as lamas, que aconteceu de repente bem quando ele olhava para trás. O espião afundou em cheio e caiu de cara. Emergiu daquela massa de lodo um Bruno caramelado e viu que era inútil continuar fugindo. A dois passos, a silhueta do Cabelo já lembrava seu direito de permanecer calado, citava a primeira emenda de cabeça e mostrava as algemas (que nem sequer existiam). A dois centímetros, um aro sujo de metal encarava o Bruno, talvez um anel. Ele deu um jeito de guardar o objeto sem que o Cabelo percebesse, em seguida foi detido pelas autoridades e preso na casa da árvore.

O Chibo também não estava quando o Bruno falou do homem morto — um corpo do lado de lá do arame, em um lugar da plantação que contando daquele jeito parecia muito muito distante. Era uma espécie de traidor do povo da

Bulgária, um cara que não cumpria as leis e nem pagava impostos porque, afinal de contas, estava morto. Não demorou: no meio do milharal, um redemoinho vivo de círculos secretos, entradas e saídas, o Bruno propôs o jogo. Ficou de joelhos e espalhou as folhas do caderno espiral (toda sua cartografia) pelo chão de terra. Calculou distâncias e provisões, pediu para todo mundo girar em torno do próprio eixo a fim de despistar o inimigo e, finalmente, baseado em estudos preliminares sobre a geografia local e o posicionamento das nuvens, apontou o caminho mais estreito onde as folhas pareciam manchadas de ferrugem. Por ali, disse. Suas orientações vagas e intensas (o oeste correspondia ao norte e o centro estava junto à fronteira leste) passavam ao lado de uma árvore sozinha e muito vermelha, entre uns velhos pés de caqui, por trás de uma elevação onde o corredor se bifurcava em um, dois, três outros. O Cabelo decidiu, assim, de repente, que também tinha visto o presunto, e para provar que não estava mentindo se apressou em ir na frente sem maiores (ou menores) perguntas, abrindo caminho com o braço, colhendo amostras de mato: "vira à direita ou segue em frente porque dá na mesma", e protegeu o rosto com a outra mão.

Fizemos silêncio e fomos andando, peteleco aqui e ali para espantar os carunchos que grudavam nas pernas. O Cabelo parecia animado e caminhava rápido: "Agora é traçar linhas coloridas nos mapas do Bruno, fazer a volta, vinte, trinta passos e pronto." Às vezes ele parava num estalo, olhava pra trás e dava alguma ordem a esmo (a gente quase nunca entendia). Na minha frente o Bruno, que lidava bem com aquelas freadas bruscas, continuava quieto — talvez pressentisse uma dor de barriga. Eu apenas seguia, na popa.

O caminho de milho não parecia levar a parte alguma, era cada vez mais espesso e abafado. Olhei pra trás e notei que também se fechava por onde a gente tinha passado, mas não disse nada. Nunca dizia. O Cabelo estava todo picado e parecia feliz, parou para coçar a perna e analisar um besouro grudado no ossinho do tornozelo. O Bruno pensou em aproveitar a ocasião e subir nas costas dele, lá no alto gritar "terra à vista", mas acabou agindo de maneira polida e pediu escadinha. Em dois segundos foi erguido o brunoscópio; por cima do milharal, ele não achou o arame nem nada, mas viu uma clareira à distância de vinte passos a estibordo, onde poderíamos descansar da coceira e analisar os mapas.

Era um pequeno espaço de folhas pisadas, que do alto formava um desenho alienígena (segundo o Cabelo). Sentamos sem vigiar a retaguarda ou saber se o terreno estava minado, apenas desabamos no chão e passamos a nos abanar. O Bruno juntou os joelhos e cantou baixinho. A essa altura, ele já devia ter uma explicação terrível para tudo e ficaria cada vez mais quieto — então parou de cantar e olhou pra gente, como se fosse a vez do coral. O Cabelo abaixou a cabeça e confessou que, bem, na verdade, não tinha visto o morto, visto, assim, com os olhos, sabe?, tinha apenas ouvido uma história que — O Bruno se levantou, tomando a frente: "Minha vez de guiar." Consultou o mapa, falou que estávamos no caminho certo e (só pra impressionar) tirou do bolso um anel. "Não toquem nisto", disse, satisfeito com o olhar de espanto dos expedicionários. "Achei na poça semana passada... É uma aliança", e esperou uns segundos para fins dramáticos, "do cara morto".

De cócoras, tragado por um sol imenso, o Bruno remexia as folhas secas do chão. Quando me viu, levantou rápido e fingiu estar interessadíssimo em um graveto sem nenhuma graça. Com as mãos cheias de pedras, o Cabelo apareceu. Distribuiu a artilharia e se afastou. A gente brincava de acertar pedras nas lagartixas da árvore, mas por medo, nojo ou piedade, o Cabelo só assistia, ensaiando caretas a cada tiro. Não tardou para que um golpe dividisse ao meio uma das lagartixas. O Cabelo apertou os olhos, virou o rosto.

As duas partes do bichinho despencaram tronco abaixo. Fiquei olhando pro vazio que separava a cabeça — os olhos estavam muito vivos ainda — e o rabo. Com um pauzinho, o Bruno cutucou a lagartixa: "Será que um homem demora assim pra morrer?" Pensei no Chibo, em todo aquele silêncio do banco de trás, e que sim, alguém pode começar a morrer muito cedo (e levar dias, horas ou anos para não existir mais).

Os olhos da lagartixa três segundos antes da pedrada eram duas bolinhas pretas, saltadas e úmidas — assustados besouros do amendoim quando a gente abre o pote e faz cara de mau. Acho que ela sabia o que ia acontecer; sabia que não adiantava pedir ajuda, e continuava estática com aquela cara de quem quer um pedaço.

Antes de escurecer, ainda naquele dia, o Cabelo disse aos sussurros que o Bruno tinha-assassinado-a-pedradas-o-Cara-Morto-por-ordem-da-rainha-da-Bulgária-e-(pior)-não-contou-nada-pra-gente-o-petulante. "Pronto, falei." O Cabelo estava furioso porque todo mundo só dava ouvidos ao Bruno, sem duvidar das bobagens que ele dizia: por exemplo, "esta é a aliança de casamento do presunto, fui eu que achei". E pronto, a gente acreditava.

Segundo as novas informações do Cabelo, alguém havia roubado um microrreator nuclear em forma de anel (desenvolvido pelo laboratório oficial do governo de Sua Majestade) e o espião búlgaro de codinome Bruno fora destacado para recuperá-lo e eliminar o agente duplo de codinome Cara Morto. Ele explicou tudo isso com um ar de importância e ficou esperando a reação. Forneceria mais detalhes, se preciso. Tinha passado a tarde pensando naquilo. Cavouquei um pouco a terra, em silêncio, mas já era quase noite, então não disse nada. Acho que o Cabelo ficou lá por um tempo.

O vento mudou.

No dia seguinte, sentado na casa da árvore, com a plantação aos pés, eu atracava meus navios. Uns de papel, outros de madeira, pintados de azul, com a tinta descascada.

Imaginava o Chibo em miniatura, na escotilha de um dos barcos; ele subiu ensaiando uma canção de marinheiro e a praia ficou muito próxima (eu lutava para ancorar meus navios). Meu irmão passou a manejar cordas, me chamava de capitão. "A ilha é habitada, capitão", me chamava de capitão, e isso trazia o Chibo de volta. Fiquei de pé no convés da casa da árvore e fiz uma luneta com a mão. Era o Bruno lá longe. O espião búlgaro ziguezagueava, examinando palmo a palmo o chão da plantação. Ele então chutou algumas pedras e se inclinou: o brilho do objeto me atingiu, um isqueiro de metal. Pegou, limpou na camisa, guardou no bolso. Afastei a luneta do rosto e me virei procurando o Chibo. Mas meu irmão sumia, sumiu, e uma onda maior fez o nosso navio recuar.

Acenei para o Bruno, que fechou os olhos e, as mãos em concha, gritou: "A casa da árvore tá precisando de uma porta." Ele tinha sorrido, acho. Dei um salto e voei pela escada de sisal, pulei em cima dele berrando qualquer coisa, mas o Cabelo não foi atrás e eu tampouco consegui derrubar o Bruno. Ele se desvencilhou da minha perna que teimava em lhe passar uma rasteira (fra-qui-nho, mu-lher-zi-nha) e marchou solenemente para a casa na árvore. Fiquei acompanhando a cena deitado na terra, de barriga pra cima, sem vontade de existir. O Bruno subiu a escada, ficou de cócoras e encarou o Cabelo, que olhava para a cutícula do dedão, para o teto e para a cutícula do dedão (era mesmo engraçada).

Tirou o isqueiro do bolso como fazem os policiais em filmes dublados, começou a brincar com a chama e explicou o plano:

A gente vai se dividir. O Cabelo tem que ir pro oeste, e você, na direção da árvore toda vermelha. A minha área é o laguinho. Ninguém fala com ninguém. Quem encontrar alguma coisa é pra deixar uma mensagem na casa da árvore e marcar a espiga mais próxima com um pedaço da roupa. Quem for capturado vai ter que calar a boca.

Agora a gente vai fazer um pacto. Alguém não entendeu?

O Bruno acendeu o isqueiro e pediu pro Cabelo botar o dedo no fogo. A chama ficou esperando. Ele me procurou de cima da árvore, os olhos eram duas bolinhas úmidas, mas eu me fingi de morto. Quem vai entrar pro serviço secreto põe-o-dedo-aqui, que já vai fechar. "Isso é brincadeira de menina", protestou o Cabelo, esperando que eu o apoiasse, coisa que também não fiz — segui morto, pálido contra o laranja do chão, as formigas brotando pelos joelhos e braços. "Vai ser assim, então? Você vai ficar contra nós?"

Não lembro direito como aconteceu, mas o Cabelo disse "vou" bem baixinho, tanto que eu não entendi se era uma palavra ou um pio. O Bruno deu um soco na parede. "Some daqui", disse, e enfiou o dedo no fogo. Então isso era ser homem.

Não adiantava insistir como o Cabelo fez, gritando que a rainha da Bulgária tinha acabado de chegar e trazia um informe ultra-secreto porque, com porta ou sem porta, o Bruno passaria a tarde trancado na casa da árvore sem receber visitas. Tinha, eu aposto, todas as coordenadas na cabeça, os próximos passos na forma de gráficos, tintim por tintim, e nada é pior do que quando já está tudo pronto e só falta atacar (a ansiedade). Cansado de gritar, o Cabelo se juntou a mim — mas preferiu a sombra, porque ele é daqueles que ficam cor-de-rosa no calor. Assim, meio de longe, tirou uma moeda do ouvido. Fez uma acrobacia com os dedos, a moeda sumiu e, "psiu!", ele acenou pra mim. Esfreguei os olhos. "Psiu!", o Cabelo chamou de novo e levou o indicador à boca, pedindo silêncio. Tirou do bolso um giz de cera e um pedaço amassado de papel. Desenhou um telefone e me mostrou: precisava falar comigo, era isso. Rabiscou uma porção de frutas vermelhas + um relógio marcando quinze pras onze = dois bonecos de pauzinho. Levantou sem barulho, picou os desenhos em minúsculos pedaços (não queria deixar provas, explicaria depois) e sumiu.

   A gente se encontrou na hora combinada onde a plantação dava trégua e os pés de caqui venciam por um instante. O Cabelo trazia a mão fechada e disse, atropeladamente e de uma vez só, que a gente tinha que ficar junto até o fim, que os mapas do Bruno estavam errados, que sentia um bolo no estômago e que o agente duplo de codinome Cara Morto podia, na verdade, estar vivo e rastreando os nossos passos. Abriu a mão e mostrou os transmissores, três cápsulas de polipropileno metalizado do tipo betacaroteno que ele havia achado no dia anterior, num amontoado de terra. Ou eram isso, ou eram pedrinhas — ele concluiu, quase em cima de mim. Eu recuava e recuava e recuava. Ele estendeu a mão para que eu as visse melhor, "toma cuidado porque podem explodir".
  O Cabelo, mão suada e cara vermelha, tinha colocado a blusa ao contrário. Um dia ele cortou a gola de uma camiseta velha porque se sentia sufocado e ninguém reclamou; com o tempo, começou a rasgar também a manga das outras roupas e hoje destroça todo o guarda-roupa no início de cada verão. O Cabelo, eu acho, queria mesmo era ganhar uma regata de time de basquete, daquelas furadas tipo peneira. O sonho dele era driblar

o Bruno, voar para a cesta e autografar a testa dos meninos mais novos, mas de pensar ele se atrapalhava todo, enfiava a cabeça na manga, errava o lado direito da roupa — então eu olhei pra ele e disse: "Tua camisa tá do avesso." Foi o que eu falei, e só. No banco de trás o Chibo respirava forte — meu irmão se encolheu, suas rodas giravam no vazio, os cabos interrompidos, as asas se soltariam da fuselagem e cairíamos todos. Eu já sabia que havíamos perdido o contato com a base, mas não avisei o Cabelo, que olhava turbulento para a camisa do avesso, olhava para as três pedrinhas na mão, olhava pra mim.

    Caindo, caindo, a mais de vinte mil pés, o Cabelo enfiou os transmissores no bolso, no pacote das balas de goma. Era como se arquivasse as provas definitivas do caso. Eu ouvia, com interferências, o Bruno repetir: O Cabelo vai pro oeste. A minha área é o laguinho. Ninguém fala com ninguém. Quem for capturado deve — e foi cortado por um ruído, um chiado, uma respiração forte. Então caminhamos o Cabelo e eu (e era um dia ímpar) até nos separarmos. Ele acenou de volta, seguiu. Cantarolava baixinho: "O braço não é o braço, o braço é a cabeça", eu continuei na direção oposta, a da árvore toda vermelha, "a boca não é a boca, a boca é o umbigo", e ouvia cada vez menos.

2

Os pés de milho já passam da minha cabeça — não dá pra ver coisa alguma. Pulei, mas logo, sentado, abracei os joelhos, quis espirrar forte e desejei que o tempo da colheita chegasse ali, naquele minuto, os tratores entrando pelas trilhas de terra batida para abrir a plantação, cortá-la por dentro. Não entendia por que o Chibo tinha nos deixado desta vez e pensei que um verão pode, sim, ser ruim. O sol do meio-dia duplicava árvores, fazia o longe tremular e agora, no fundo do caminho estreito, o Bruno e o Cabelo surgiam embaçados de calor, depois desapareciam. Acendiam, apagavam. Não entravam em acordo. O Cabelo dizia: a rainha da Bulgária está do nosso lado. Ela pediu a cabeça do Cara Morto porque está do nosso lado, tenho certeza. O Bruno dizia: esse cara é bacana, tem amigos maiores que a gente, fuma (escondido) três maços de cigarro por dia e pode ficar na rua até tarde. Não há nada de errado com ele. Segundo o Cabelo, o Cara Morto é um chato, um traidor deste tamanho e quando fuma só sabe tossir. Forneceria mais detalhes, se preciso.

    A história da Bulgária começou há muitos anos num verão sem mim, quando o Chibo recebeu uma convocação da família real e foi nomeado agente secreto. Naquela época, a nação se envolveu em duas guerras contra si mesma, perdendo as duas porque o Chibo pegou catapora.

Depois, combateu ao lado das nações vitoriosas e foi derrotada também. A Bulgária anexou territórios, principalmente a área perto do laguinho, e o Cara Morto nem existia porque naquele tempo a federação não estava dividida. Era uma só. Hoje, o Chibo parece que desertou e o Bruno foi chamado às pressas para ocupar o cargo vago de espião, mas ele não sabe falar direito e nem transmite informes tão precisos quanto os do Chibo sobre a situação do país, de modo que a plebe nunca sabe quem é o vilão, se o Bruno é o mocinho e se o Cara Morto está mesmo morto. Com o Bruno no comando, a gente se confunde todos os dias.

 Daí eu escutei o arrastar de cadarços soltos na terra, bem perto. Afundei nas plantas e desisti de me coçar. Nada em cima, nada embaixo. Eu tentava não morrer de medo, mas parecia que o Bruno estava a alguns centímetros de mim, esperando qualquer movimento meu para surgir do alto dos pés de milho e gritar gritar gritar até que eu pegasse soluço e tropeçasse correndo. Nunca gostei de esconde-esconde. O pior momento é quando dizem lá-vou-eu e você sabe que vão te achar — porque nenhum esconderijo é bom o bastante. Eu apertava os olhos e pegava soluço: sempre me encontravam. Às vezes eu fingia estar em outro lugar do mundo onde seria impossível me pegarem. Ali, no corredor da plantação, o sol torrava meu braço, eu não podia me mover, o Chibo tinha sumido e eu não era mais café-com-leite. Não sei o que aconteceu, mas parece que apoiei a cabeça nos joelhos e acabei dormindo. Ou passei tanto tempo com os olhos fechados que nem sei. Pensava em lagartixas quando acordei, zonzo, e senti o braço esquerdo grelhado. Não havia mais barulho-de-Bruno e o sol ainda estava alto. Eu podia me levantar e fazer alguma coisa, sim, voltar para a casa da árvore ou procurar o Cabelo, mas continuei imóvel. No ar ao meu redor, um gosto estranho. Alguém tinha passado por ali enquanto eu dormia, alguém com cheiro de caqui — comecei a soluçar. Alguém comendo uma fruta me viu encolhido na plantação, acho que foi o Chibo e ele me despenteou inteiro e me chamou para ir embora.

Ou talvez tivesse sido o Cara Morto, sei lá.

A pior briga entre o Bruno e o Cabelo aconteceu pouco antes da gente se dividir, quando eu não estava; assopro umas formigas do braço queimado e penso — talvez por causa disso. Porque eu não estava, ou tinha apertado os olhos até não mais estar. O Cabelo quebrou tudo na casa da árvore e gritou de lá de cima que o Bruno não tinha umbigo. Disse forte, sem olhar na cara de ninguém. As figurinhas espalhadas, toda munição de balas de goma, nosso rádio quebrado em dois, restos de uma estatueta de bronze, caixas de tênis amassadas, latas e botas fedorentas, um garfo torto. O Cabelo tinha rasgado as folhas do caderno espiral, destruído a cotoveladas as cartolinas com guache. Quando o Bruno entrou (o Cabelo repetindo alto que ele não tinha umbigo) a casa da árvore era uma cidade estranha, cortada por um rio largo e estrelas grossas. O Bruno empurrou o Cabelo, o Cabelo devolveu. Era como se o vento mudasse de lado a todo minuto, e os habitantes estranhos daquela cidade estranha, um cemitério cinza de coisas, se refugiassem em becos e galerias porque corriam o risco de cair, tamanha a violência do tempo: um duelo de empurrões.

Até que o Bruno, e eu fiquei muito assustado porque o meu braço pegava fogo, até que o Bruno derrubou o Cabelo e bateu a porta — que nem sequer existia.

Sozinho, no caminho para a árvore toda vermelha, lembrei que o Chibo me disse uma vez que daria para enxergar o mar (se eu quisesse). Eu tentava, e trazia sempre um pedaço de corda para, com alguma sorte, atracar meus navios. Nas horas em que ninguém reparava, eu ficava na ponta dos pés e olhava pra frente o máximo que conseguia, até o fim da plantação. Forçava a vista mas não via o mar, e o mato foi aumentando até que eu não pude ver mais nada — as plantas tinham me ultrapassado. Era a época das folhas gigantes, quando conseguíamos enxergar só isso. De vez em quando eu trombava com a tosse do Cabelo, que logo sumia na direção contrária. Do Bruno, nem sombra: vivia às paralelas de onde quer que fosse, era difícil cruzar com ele. (Ainda mais quando os pés de milho passaram a crescer também para os lados e as próprias ruas foram se fechando.)
Às vezes ouvia o Chibo arrastando passos, só podia ser ele. Eu respondia com um soluço e tentava alcançá-lo: girava a corda sobre a cabeça, pronto para laçá-lo ou levantar vôo, e lá de cima ver que o meu irmão era um pontinho. A área do lago, a borda oeste da plantação, o Bruno, o Cabelo e a árvore toda vermelha também: não passavam de pontos no meu mapa, e se eu os unisse com rabiscos teria o desenho de, hm, uma roda-gigante.
A plantação eram quilômetros e parecia uma roda-gigante. Mexi num pedaço de pão den-

tro do bolso e andei rápido. No oeste, do outro lado da roda-gigante, perto da estrada, estaria o Cabelo correndo de novo, uma vez mais, com a mesma munição colorida, o tiroteio de balas de goma, o Cabelo que não conseguia alcançar ninguém, caindo nos buracos de sempre, dizendo que não valeu porquessim. O Chibo não desceria do carro, olhava para um ponto fixo e eu também forçava a vista, mas o mar não estava lá.

    A árvore toda vermelha devia ter uns mil anos. Tinha a casca dura e, com o vento, brilhava e sacudia um incêndio de folhas secas. Ficava no fim de uma passagem estreita, no fundo da plantação, onde apenas os bravos e os besouros conseguem chegar. Era mesmo longe. Descobrimos a árvore toda vermelha no verão passado, por causa de uma abelha.

    Juntávamos pedras para acertar um formigueiro quando a abelha surgiu; fez um reconhecimento rápido da área e foi embora. Depois retornou, e aí começamos a nos preocupar: num mergulho rasante, quase arrancou a orelha do Chibo. Sumiu de novo. Ficamos em silêncio, paralisados, os tênis na terra, cabeças de coruja, os olhos — e zupt, a abelha apareceu vinda de baixo, em ziguezague, assustando todo mundo. Passou pelo Cabelo, por mim, pelo Bruno (éramos todos estátuas) e por algum motivo não foi com a cara do Chibo. Começou a rodopiar em volta dele, tinha as asas pontudas, um ferrão enorme, era realmente traiçoeira — dava para ver pelas listras. Ela tomou distância, afiou as garras e, pouco antes do ataque, o Chibo já sabia que era hora de fugir. Num salto, entrou por um corredor estreito. A abelha foi atrás num relâmpago, aproveitando o vácuo para ganhar impulso e velocidade. Ele corria, desviava, tentava enganá-la com movimentos de corpo, ensaiava uma entrada à esquerda, mas dobrava à direita e corria corria até embaralhar as pernas. O Bruno e eu íamos atrás, pulando e gritando, com peneiras na mão; o Cabelo nos seguia, cor-de-rosa, mas sem gritar, e até parecia preocupado. A abelha traçava curvas perfeitas e, num corredor sem saída, onde os pés de milho se adensavam, o Chibo afundou nas plantas com um salto suicida que fez a gente torcer o rosto. Arranhou braços, pernas, espetou a barriga. A abelha, confusa com o desaparecimento súbito do meu irmão (que devia estar todo machucado, coberto de palha, sem poder respirar), ainda deu algumas voltas, olhou para a gente — e se foi.

Depois desse dia o Bruno e o Chibo promoveram uma impiedosa caça às abelhas. Distribuíram potes de geléia, e quem trouxesse mais abelhas, mortas ou vivas, ganharia a figurinha cento e doze do Campeonato Mundial de Boxe, que só o meu irmão tinha: o King Truman e o Red Bad Olaf em ação, na luta derradeira pelo cinturão dos médios pesados.

Logo no primeiro dia, porém, o Cabelo encheu de terra o pote dele e se recusou a capturar as abelhas. Depois passou três dias sem aparecer. Quando voltou, me convocou para uma reunião extraordinária. Eu só tinha conseguido prender uma abelha miúda, que não sabia voar direito. O Bruno juntava uma porção delas, riscava um fósforo e esquentava o pote até que elas não agüentassem de calor e, furiosas, tentando escapar, virassem purê. O Cabelo imitava as abelhas no vidro como se estivesse num ringue, e dava socos na própria testa. Então me disse que sabia onde a abelha que tinha perseguido o Chibo morava: numa árvore toda vermelha, longe da estrada. Ela e as outras viviam lá, e estavam muito chateadas com a gente. O Cabelo falou que elas não eram inimigas e que forneceria mais detalhes, se eu quisesse. Eu queria. A abelha que foi atrás do Chibo — ele contava, gesticulando — queria nos avisar, antes que fosse tarde. Ela sabia de algo que não percebíamos. E sabia que o Chibo era o chefe, por isso foi falar direto com ele. Depois, o Bruno e o Chibo descobriram a árvore toda vermelha e acabaram com as abelhas. O Cabelo embirrou e disse que eles estavam errados, eram traidores e não sabiam de nada.

Já deviam ser umas três da tarde (e do dia seguinte) e nada de avistar a árvore toda vermelha. Eu pensava em chegar correndo, bater um dois três e voltar de costas para o ponto de reunião. Deixaria um pedaço de pão ou de roupa para provar que estive lá. Talvez tivesse a sorte de trombar com o Chibo na volta, e ele contaria para o Bruno que eu tinha completado a missão e honrado o pacto, nada de Cara Morto nem transmissores na minha área, aliás, a brincadeira já perdeu a graça (ele diria, com a voz do cosmonauta Spiff). As palmilhas dos tênis tinham colado no meu pé com o calor, mas eu continuava em frente, arrastando a corda como um bom marujo arrastaria uma corda, se marujos arrastassem cordas, pois eu aposto que sim, e cantava bem alto para mostrar que eu não tinha medo.

E não tinha mesmo ("a boca não é a boca, a boca é o umbigo"), porque eu não daria a mínima se fosse capturado pelo Bruno ou pelo Cara Morto ou por um garfo torto que viesse fazer justiça às lagartixas que a gente matou, eu não me debateria dentro do saco de batatas do inimigo pois não deixaria que me enfiassem lá. Eu laçaria todos os índios e os piratas e os deixaria amarrados num local marcado por um pedaço de bermuda, até que viesse o Chibo com os reforços — ou então, se os inimigos fossem grandes, daria um naco do meu pão pra eles e os chamaria para brincar com a gente. Talvez os índios ou os piratas soubessem por que o Chibo não desceu do carro neste verão. Talvez. Talvez o Chibo quando desertou tenha roubado todos os papéis e documentos sobre o Cara Morto e nos deixou assim: soterrados por isqueiros, anéis e pistas falsas. Um traidor da pátria. Peguei do chão um monte de terra e pensei que eu também podia encontrar coisas, por que não, transmissores ou isqueiros ou uma misteriosa aliança. Guardei uma porção de terra no bolso e um ruído de gafanhotos me cercou. Ou talvez isso tudo fosse um plano contra mim.

3

Lembro da primeira vez que vi a plantação. O Chibo me trouxe pela mão, me colocou sentado numa pedra. Pediu para eu não sumir de vista, nem sujar a bermuda, e foi com o Bruno para a beira do laguinho apostar corrida de besouro. O sol, alto e mole, castigava o Cabelo que tinha o nariz coberto de pomada. Ele era o juiz e me olhava desconfiado entre um grito e outro da torcida. Tão logo os cascudos cruzaram a linha de chegada (vitória do Chibo sob vaias do Bruno), o Cabelo veio e perguntou se eu sabia o que era uma bolha de sabão. Fiz que não e ele achou graça. Depois me ensinou sua careta favorita, a boca um pouco mais torta, o olho virado, assim, e em pouco tempo eu e o Cabelo tínhamos nosso próprio besouro, que era o mais rápido e desbancou todos os outros do milharal.

Com o Bruno foi diferente. No início ele mal falou comigo, não me queria por perto. Ou então duvidava que eu pudesse entender o que ele dizia (daí ficava quieto). Depois isso melhorou, mas não muito. Tinham coisas que ele só contava ao Chibo ou em voz alta quando saía entre os pés de milho. O Cabelo também era carta fora, mas a verdade é que ele não dava a mínima: estava ocupado demais com o nosso besouro campeão. O Cabelo era dedicado: adestrava o cascudo Bob falando enrolado. Botava o bicho na parte de cima da mão, prendia uma pata pra ele não fugir e começava a pregar a palavra: bloash-bloblo-bloarsh-bloblof. Aproximava o rosto para ouvir a resposta e retrucava bloarsh como se estivesse ensinando o besouro a separar as sílabas. No verão em que descobrimos o Bob cochilando debaixo de uma folha, o Cabelo passava as tardes em longos colóquios besourais, levava o mascote para conhecer o Bruno, botava o bicho perto das coisas a fim de ensinar o que eram. Um dia, enfim, parou de segurá-lo pela pata e fez dele o coleóptero mais rápido do milharal. Bob passeava pelos ombros e costas do Cabelo reclamando da vida, o Bob era nosso, o Bob era de nós dois e conquistou todo o mundo (além das competições de triatlo): lembro do Bruno deixando farelo de pão na modesta residência bobiana que ficava num vão da casa da árvore, lembro do estoque de recheios de bolacha que o Chibo e eu juntávamos pra ele, uma pilha em ziguezague de chocolate e morango. Nunca houve um besouro como o Bob. O Bruno e o Chibo viravam dias catando cascudos e testando um por um nas corridas, mas nenhum era tão bom. Além disso, o Bob brilhava no sol, era muito verde e redondo, parecia uma joaninha do submundo. O Cabelo ensinou o Bob a esfregar as patas quando queria comer, treinou o Bob em sessenta centímetros rasos com e sem obstáculos, levantamento de migalhas, natação na poça de cuspe, salto com vara. O Cabelo tornou o Bob sociável: ele ficava paradinho na mão da gente, tomava sol do lado do Bruno, vinha abanando o rabo quando abríamos o pote.

Engraçado pensar que o Bob quase não voava. Às vezes ele planava, tranqüilo, mas não gostava muito. Preferia praticar atletismo ou apreciar (antes de dormir) a canção "Eu Sou um Bolinho de Arroz", interpretada pelo Cabelo. O Bob, quando descansava direito, fazia um tempo de seis segundos e oitenta décimos, marca inédita em toda a história da plantação. Os demais concorrentes corriam em círculos, afundavam na terra, saíam voando ou chegavam anos depois, molengos e com cheiro de mofo. Bob atravessava a pista com elegância, batia em falso as asinhas e jogava pra lá e pra cá a carapaça imponente. O Cabelo esperava no fim com uma toalha, eu com cinco tipos diferentes de berros, a gente ficava pulando e gritando enquanto o Bruno e o Chibo olhavam feio para a equipe deles — um amontoado de bichos com a mesma cara de pedra, verão após verão.

 Depois que o Bob morreu de doença nas coronárias, ou problemas abdominais a esclarecer (simplesmente parou e não se mexeu mais), a gente abandonou as corridas porque perdeu a graça. Ainda tentamos cutucar o Bob com um pauzinho, sussurrar bloarsh-boblof com um tom de impaciência (os braços abertos), mas ele tinha ido dormir. Estava cansado. Assim que o Bruno confirmou o passamento do nosso cascudo, confortando o Cabelo com a mão no ombro, observamos um minuto de silêncio. O Chibo não deixou ninguém ficar triste, e o que se viu em seguida foi o funeral mais suntuoso que houve nos lados de cá da árvore toda vermelha: meu irmão fez um discurso comprido, eu virei o meu short do avesso para parecer limpo e o Cabelo cantou "Eu Sou um Bolinho de Arroz", alto e sem chorar, guardando todo o respeito que só as grandes personalidades inspiram. Hasteamos a bandeira e fizemos uma inscrição ao lado da árvore onde o Bob foi enterrado, dentro de uma caixa de chocolates: "Aos grandes homens, a pátria reconhecida."

Durante o discurso o Chibo falou muitas coisas bonitas, o destino, a pátria, a dura lei das estrelas (e outras que eu não entendi também), mas foi interrompido por um barulho de gafanhotos que crescia e nos cercava. Hoje, quando meu braço ardeu e eu peguei soluço, aconteceu igual. Os gafanhotos. Não dava pra saber de onde vinha o zumbido, vinha de toda parte e de parte alguma. Pensei numa combinação de inimigos; índios, piratas, lagartixas. Ou não é nada disso também, e corri sem saber direito por quê (talvez o Chibo e o Bruno estejam no escuro, do lado de lá, rindo de mim), ou porque eu estivesse exposto e atingido pelas estrelas. Ou perseguido pelo Cara Morto, que não está sozinho, é parte de uma organização invisível; o Cara Morto que manipula as estrelas.

A dura lei das estrelas: a mão direita na cintura, a outra apontando uma nuvem magra. Em cima do palquinho armado com o resto das tábuas da casa da árvore, o Bruno era o homembala. "Respeitável público", o Chibo encarava a platéia de pedras e barquinhos, e pegou o Bruno pelas pernas, "me ajudem com isto". Eu e o Cabelo ficamos cada um com um braço. Balançamos o pacote-Bruno pra lá e pra cá até que o Chibo deu a ordem. Arremessamos. O Bruno gritou. Subiu alto e desabou num amontoado de folhas que tínhamos preparado, aterrissagem perfeita. O pano caiu e foi atravessado por um batalhão de aplausos (o Cabelo tinha descido correndo e engrossava o coro). O Cabelo ficava bem de cartola. De volta ao palco, calçou as luvas brancas. Foi a primeira vez que vi o truque das moedas. Uma acrobacia com os dedos e pronto: elas sumiam. Tornavam a aparecer — às vezes maiores — dentro do meu sapato ou na juba do próprio ilusionista, que agradecia aos senhores e às senhoras com salamaleques até o chão. Uma ou outra moeda caía do topo da cabeça dele durante a mesura, mas o Cabelo nem ligava. Tirava caqui da cartola, serrava gente invisível e topava qualquer negócio no papel de auxiliar do Bruno.

O Bruno era domador de gafanhotos: enfiava uns três dentro da blusa e soltava no palquinho, desafiando as feras com um galho. O Bruno pulava de grandes alturas na tina dos elefantes, balançava no trapézio que o Chibo fez na casa da árvore e se jogava no ar para cair com os dois pés (aplausos), em cima do Cabelo (gritos de dor). Quanto a mim, eu não fazia nada — até que um dia o Chibo me deu três caquis bem doces para treinar malabarismo. O resultado foi tão ruim, mas tão ruim, que o Bruno veio pessoalmente me perguntar se eu sabia bater palmas. Diante do olhar zangado do Chibo, ele decidiu me ensinar a prender o pé na nuca. Também me fez virar especialista em estátua.

Nos dias de espetáculo, a gente acordava muito cedo e comia pão o dia todo. O Chibo montava o palco quando ainda estava escuro e eu ficava sentado numa caixa, os pés balançando, tão entupido de pão que mal conseguia me mexer. Uma vez, o Cabelo teve medo que eu não voltasse a me mover nunca mais, que nem o Bob, então ele veio correndo com uma câmera fotográfica invisível e a respiração toda estranha. Disse que ia tirar um retrato, eu segui quieto, e ele atacou uma torneira na minha cabeça. Fiquei um tempo sem enxergar direito, é verdade, mas não me importei. Dias depois eu perguntei, com a melhor das intenções, por que ele não tentava engolir fogo, e ficamos quites.

De longe, avistei a árvore toda vermelha. Ela era um pontinho e foi crescendo crescendo até que reconheci o Bruno lá, embaixo das folhas. Quando queria, o Bruno sabia mentir. Sabia sim. Duvidava que eu pudesse entender o que ele dizia — e mentia. Fazia isso porque às vezes deve ser mesmo complicado explicar as coisas (elas passam rápido demais pela cabeça da gente) ou porque a gente nunca entendia nada direito. Hoje, o Bruno mentiu: impossível que tenha chegado à árvore toda vermelha antes de mim. O combinado era que ele vasculhasse a área do laguinho (consultei o mapa), que fica do lado de fora da roda-gigante — ou seja, do outro lado. Isso quando o céu está claro. Porque se a chuva aperta, as linhas do mapa se apagam, o milharal fica embaralhado (o oeste corresponde ao norte e o centro está junto à fronteira leste), e ninguém atraca os navios. Então os bailes no convés ficam distantes, mas seguem pelo dia e brilham forte, com coquetéis flutuantes, acesos, um cantor de ópera e o som dos vibrafones. Nessas festas, a rainha da Bulgária desfila seus penteados extravagantes, uns muito parecidos com sapatos, outros com pássaros de alguma floresta do leste. Os mais legais são os que homenageiam a nobreza búlgara, com símbolos de Estado ou o rosto de algum antigo rei esculpido com paciência de vida inteira nos cabelos da rainha. (Ela é gorda e dança bem.)

Virei minha mão numa luneta. Era mesmo o Bruno encostado na árvore toda vermelha, sozinho, parecendo um espantalho. As bordas do campo tinham secado um pouco (golpeia o alto dos pés de milho uma rajada de urubus vinda do lado da estrada) e nem sinal do Cabelo. No bolso do espião búlgaro, eu podia adivinhar, estavam o anel e o isqueiro. Aquelas coisas pareciam ter vida própria e agora comandavam o Bruno.

4

Uma bala de goma sabor banana. Um anel, um isqueiro, um garfo, um caqui, um tênis sem cadarço, o Reino da Bulgária, a parte proibida da plantação.

O Bruno tinha os pés afundados na terra e tentava pensar em coisas cada vez maiores, na ordem, até que elas fossem tão grandes que não coubessem mais nas idéias. Então ele deixaria de existir. Porque a gente não morre de ficar parado — não, não pode ser verdade —, a gente morre de explodir a cabeça, de entupir tudo lá dentro, cinco elevado a cem, doze mil novecentos e cinqüenta e quatro, dez vezes um bilhão, até ficar completamente... vazio. Mas era difícil passar de dezessete galáxias, ainda mais com aquele calor. O Bruno não tinha idéia do que podia ser maior que dezessete galáxias com exceção de dezoito (enfileiradas), e não conseguia parar de pensar no isqueiro do Cara Morto.

O Bruno encostado na árvore, pés enfiados na terra, tinha feito todo mundo de bobo. Até de longe eu sabia que ele não tinha passado a tarde esquadrinhando a área do laguinho. Ele mandou cada um ir para um lado e cavou um buraco embaixo do arame, eu aposto: o Bruno esteve na zona proibida da plantação. Era um lugar de que eles falavam muito. Quando, depois de correr o dia todo, nos reuníamos para descansar na sombra, a conversa se arrastava mole para a zona proibida, sempre. Eu morria de medo e pra me defender imaginava a área morta longe do milharal. O Chibo ria baixinho. Eu me forçava a pensar nela como uma região estranha, algo que não me dissesse respeito, realmente muito longe e sem graça. Mas não. O Bruno e o Chibo falavam que a zona proibida estava logo ali, perto... dentro. Começava antes da estrada, e seus espaços cobertos de mato, suas esquinas e corredores vazios eram praticamente os mesmos da plantação. O Bruno dizia que a parte proibida era como um pulso machucado, uma ferida que abria e fechava, abria e fechava, abria e— aquilo me hipnotizava. Trezentos passos ao sul da árvore toda vermelha, o Bruno dizia, e lá está. Ele falava como se fosse a terra prometida onde cabem dezoito galáxias e o dia está começando sempre, mesmo às quatro horas da tarde, meio-dia ou às seis da manhã.

Pensando agora, era pra lá que o Chibo ia nos últimos verões, quando a casa da árvore ficava vazia. Mas eu não dava muita bola (o Bob vivia uma fase incrível e ficaria ainda melhor quando eu e o Cabelo terminássemos o *Manual do Levantamento de Migalhas — Técnicas para Melhor Distribuição do Peso nas Patas Traseiras, Variações de Respiração e Dicas de como Trabalhar os Músculos das Asas*). Agora o que eu mais queria era correr correr e encontrar o Cabelo, dizer que talvez o Chibo estivesse o tempo todo escondido na zona proibida e que o Bruno tinha enganado a gente e era lá que ele esteve hoje. Bem provável que tivesse ido encontrar o Chibo. Os dois devem ter ligado o ar-condicionado no frio mais frio, pedido comida pelo telefone e passado horas mastigando alianças e planos, criticando a política externa do governo de Sua Majestade.

O Bruno não percebeu que eu me aproximava. Seguia com os pés soterrados, olhando o isqueiro, imaginando distâncias monumentais, calculando somas gigantes. Lembrei do que o Cabelo me disse uma vez: as vacas da zona proibida têm corcovas nas costas. Nessas horas a falta do Chibo ficava mais forte e eu me agarrava a ele, que ria.

Tentando ignorar o fato de que o Chibo gargalhava em silêncio até ficar bem lilás, eu me sentei ao lado do Bruno sem fazer barulho. Não queria atrapalhar. Ele continuava olhando para um ponto que boiava no éter bem longe das nossas corridas de besouro — uma zona proibida —, e mesmo assim apertava o isqueiro como se o pensamento dele estivesse ali. Naquele isqueiro lustrado com pano de camisa, cuspe, pano de camisa. Eu me deixei picar por umas coisas voadoras porque todos nós tínhamos preguiça e coloquei mais um pouco de terra no bolso. E depois, mais ainda. Em silêncio. Às vezes passo meses sem falar nada, mas continuo por perto até que as pessoas se esqueçam que estou com elas. Gosto de ficar ao lado dos outros, só não entendo por que eles precisam dizer alguma coisa sempre — como se estivessem todos no escuro. De repente, enquanto eu procurava vida inteligente no montinho de terra do meu bolso, me veio à cabeça que eu podia ganhar qualquer concurso de vaca amarela do mundo — este garoto, senhores jurados, não fala desde o nascimento dos pais dos jurados anteriores. Eu puxaria aplausos para mim mesmo e me atrapalharia com a minha barba branca e muito comprida, também daria uns tapinhas nas costas do apresentador e voltaria em passos miúdos para a minha mansão na árvore. Eu viveria como um rei. Talvez ganhasse um irmão menor porque eu já teria todos os prêmios possíveis e não sei pra que iria querer um conjunto estofado de três lugares, então eu diria ao meu irmão caçula que ninguém precisa falar à mesa do almoço e nem procurar assunto nunca, jamais. Acho que o Bruno não ouviu os meus passos, por isso não virou a cabeça na minha direção, ou será que ele era uma lagartixa morta? Encontrei umas larvas de alguma coisa bege no meu monte de terra do bolso, dois ou três caramujos, um pedaço do meu lanche. Sim, eu tinha enfiado a terra no mesmo bolso do pão. Me insultei em voz baixa pela burrice e percebi que o Bruno tinha me notado; pôs-se a desenterrar os pés e saiu do transe. Com o canto do olho, ele me viu jogar o resto de terra de volta pro bolso, mas não disse nada. Num acordo entre cavalheiros, ostentamos uma expressão mútua de pouco caso e pousamos nossas mãos no colo. Juntos, acompanhamos com os olhos uma formiga das grandes que se movimentava quase tão devagar quanto nós. O Bruno se debruçou sobre a formiga e cercou-a com o anel do Cara Morto. Ela ficou paralisada por um instante, olhou pra cima e escalou o obstáculo com um muxoxo pedante, sem saber que isso lhe custaria a vida. A tragédia era inevitável, eu tinha certeza: se o Cabelo um dia atravessasse (com um muxoxo pedante) o buraco do arame para explorar a parte secreta da plantação, aconteceria alguma coisa terrível — o Bruno pegou o isqueiro e eu olhei pra cima.

Quando tornei a olhar, a formiga gigante tinha morrido em um incêndio criminoso que dizimou também alguns palmos de mato. O Bruno me deu o isqueiro, "pra você".

No duro. Foi a primeira vez que o Bruno me deu alguma coisa. Fiquei tão feliz que até me esqueci da formiga carbonizada. Apertei o isqueiro contra o peito com a respiração de quem sobe à superfície para esquecer o que continua batendo e arranhando lá no fundo. Além do mais as pessoas são feitas de cabeça, tronco e coisas — as coisas se misturam às pessoas, as pessoas se misturam às coisas, confundindo tudo. O isqueiro, por exemplo, era um pedaço vivo do Cara Morto (ou ele era um pedaço morto do isqueiro).

"Encontrou alguma coisa?", o Bruno me perguntou enquanto sacudia um bocado de terra do tênis. Fiz que não com a cabeça, contrariado. Me segurei para não falar das mentiras dele (porque eu sabia de tudo: ele não tinha vasculhado os arredores do laguinho coisíssima nenhuma), muito menos das suspeitas de que o agente Cara Morto pudesse estar vivo. "Não me olha assim", pediu o Bruno, "nada na área do laguinho também", e passou a caminhar em círculos. Tinha os passos pesados de quem sobe uma escada correndo. Ele estava agitado ("você viu o Cabelo?") e eu sabia que escondia alguma coisa. Mostrei um naco de terra para me esquivar da resposta, a terra que eu havia coletado durante todo o dia e armazenado num recipiente especial e indestrutível (também chamado de bolso).

Ele devolveu a encomenda com um movimento zangado e muita poeira se perdeu no espaço entre os nossos dedos. Eu queria mesmo entender o Bruno. Ele parou de rodear a árvore e resmungou, antes de me dar as costas: "Não, *você* analisa essa amostra, tem uma peneira na casa da árvore, me avisa se encontrar qualquer coisa." Quando ele saiu andando, eu fui atrás. O Bruno deu meia-volta, parou e ergueu a mão para me dizer algo, depois desistiu e continuou a caminhar. Estava indo para o sul, na direção da zona proibida.

Então: se me chamam de formiga e o Cabelo é um tatu-bola, não há como ignorar o fato de que o Bruno é um besouro. Como todos sabem, os besouros são os animais mais inteligentes do reino dos seres vivos. Os besouros carregam uma sabedoria quinze vezes maior que o peso deles, por isso vivem com dor de cabeça. Eles têm uma carapaça tão resistente quanto a testa do Bruno — ninguém entra, ninguém sai. Segundo a comunidade científica, "não há como entender o besouro, senão sendo-o", o que o torna também o bicho mais triste desde aquela lagartixa caolha que encontramos no laguinho há uns dois verões.

Talvez encorajado pelo isqueiro no meu bolso de trás, comecei a seguir o Bruno escondido, imaginando que eu era nada mais que uma formiga gigante.

Tentava me guiar pela visão dos pés dele, já que a plantação tinha me passado em altura havia muito tempo. Ia andando de cócoras sem tirar os olhos daquele par de tênis a dezenas de milhos na minha frente; não queria que o Bruno virasse em alguma esquina e eu não soubesse pra onde. Apertei o passo. Eu engatinhava para me desviar dos galhos e folhas, enquanto ele caminhava reto e tranqüilo como um representante da alta nobreza búlgara. Ainda não sabia se a partida do Bruno era uma brincadeira ou se já era hora de começar a me apavorar, também não sabia se ele ia ficar furioso quando descobrisse que eu tinha desobedecido ordens expressas de ir buscar uma peneira. Ora, tinha sido bastante justo livrar-se de um amigo mandando-o ir atrás de uma peneira a quilômetros dali. Sem dúvida, tinha sido um gesto muito elegante despachar alguém com a missão de analisar um monte de terra ou procurar um Cara Morto. Mas eu tinha um isqueiro no bolso e também não pretendia jogar limpo (ajeitei na cabeça meu chapéu imaginário apenas pelo efeito dramático da coisa). Quem sabe o Bruno quisesse ter alguém atrás dele. Isso explicaria por que agora ele tinha começado a contar os passos em voz alta (cento e doze, cento e treze) e de repente parou, provavelmente pelo efeito dramático da coisa.

Eu freei também, com as mãos na terra. Tentei enxergar melhor através das plantas e podia jurar que ele estava pensando com muita força, na medida em que é possível saber quando alguém parou deliberadamente para pensar (com muita força). Então ele continuou: menos cento e oitenta e sete, menos cento e oitenta e seis, menos centoeitentaecinco. Me deu um alívio saber que o Bruno ainda era o Bruno, já que estava fazendo uma contagem regressiva bastante precisa de quantos passos faltavam para completar trezentos. Mesmo assim, a voz dele estava diferente. Por que é que ele não contava nada pra gente?

Meus joelhos raspavam na terra e com a respiração presa eu pensava numa palavra de três sílabas quatro vezes. Depois soltava o ar e voltava a pensar (agora de peito vazio): "cavalo", "barulho", "corrida". Estas eram as minhas preferidas, mas tinham outras. O Chibo falava para eu respirar assim quando estivesse confuso; pulmão cheio, pulmão vazio. Dizia que os intervalos ajudavam a desembaraçar as idéias e desentupir tudo na cabeça da gente. Era verdade, aquilo até que dava certa ordem às coisas. Mas os vazios se enchiam de "cavalo", "barulho", "corrida" e de toda uma turma de velhos apostadores reunidos em volta de um televisor amarelo, gritando com um punhado de dinheiro nas mãos; uma encrenca. Para ser sincero, por mais que meu irmão insistisse, eu quase nunca respirava desse jeito. Porque eu gostava de ser do contra. Mas agora que a plantação avançava sem o Chibo, eu me surpreendia repetindo as manias dele. Cutucar as feridas do joelho, por exemplo — como ele gostava disso. Eu que sempre fui contra ficar mexendo no sangue seco (porque dói), passei de uma hora para a outra a tirar todas as casquinhas dos machucados. Eu tinha medo de que a ausência do Chibo não fosse notada, principalmente por mim. Coloquei um pedaço da ferida na boca e senti um gosto amargo, de cor vermelha; um irmão é um tipo estranho de amigo. É como o nome que a gente tem. Passamos muito tempo sem ligar pra ele, mas de repente a gente nota que tem um nome e o repetimos antes de dormir um milhão de vezes e... quando abri os olhos o Bruno, nenhum sinal do Bruno. Eu tinha perdido a pista dele, mas a zona proibida devia estar perto. Pela escotilha do comando não dava para enxergar nada, o mato empunhava lanças e espadas, riscando e apagando o caminho. Um sopro de corrente marinha me mordeu o rosto. Tirei o isqueiro do bolso e decidi que o maior incêndio da história da plantação estava para começar.

5

"ndi atrás do arame e ninguém me viu", veio gritando o Cabelo, todo cheio de terra e resfolegando, "daí tinham uns quatro caras de galochas azuis e chapéus enormes e só pelo cheiro dava pra ver que eles eram maus, sério, enormemente fedidos, então esses caras todos falavam alto e fumavam e alguns até cuspiam no chão porque é o que os bandidos fazem, cuspir no chão enquanto gritam e resmungam sobre a chatice de ter que fatiar um cadáver tão gordo, além disso eles tinham que esperar o Cara Morto porque o Cara Morto ia distribuir os segredos do plano, e precisa ver como eles esperavam, um deles chamava Tambor, o das bochechas, ele se chamava Tambor e só sabia falar de um tal dia em que o King Truman ganhou o cinturão dos médios pesados e o povo todo atirou batatas e xingou o juiz, o Tambor falava sozinho enquanto os outros discutiam

Enquanto os outros discutiam se era melhor começar a serrar o corpo pelas orelhas com uma tesoura de picotar, ou pelos braços ou pela mão, com um serrote, ou dar logo sumiço no umbigo, eu acho que eles estavam falando disso mas eu não sei direito porque de repente vi um sapato sem pé jogado num canto e fiquei muito mas muito triste pela rainha da Bulgária, que devia ter feito o laço de amarrar bem direitinho e pisado com muito cuidado pouco antes de sair para o passeio matinal e virar uma rainha morta, que é o que ela é agora, uma rainha verdadeiramente morta depois que esses quatro caras — quer dizer, depois que o Bruno matou a rainha, porque eu não queria contar mas foi ele, o Bruno, ele é um traidor deste tamanho, ele encontrou o microrreator em forma de anel e se juntou com o Cara Morto e traiu o povo búlgaro e matou a rainha, então eu acho que a gente devia fazer alguma coisa sobre isso, sobre esse complô que eu acho que existe, e eu tenho quase certeza (mas não muita) porque na hora o Tambor começou a contar a história do King Truman que venceu o Dempsey por nocaute e era uma história muito boa e eu me perdi — mas o Bruno é um traidor e eu posso dar mais detalhes, se for preciso".

De isqueiro em punho, não olhei pro Cabelo enquanto ele falava. Tentava juntar o máximo de folhas secas possível, revirava a palha embaixo dos pés de milho, e o fato dele ter surgido cor-de-rosa do meio do mato falando sem parar me deixava furioso. Por que é que o Bruno não conta nada pra gente e por que diabos o Cabelo não fica quieto?

"Muito depressa para ficar paradas e assim por diante, as abelhas também escolhem a própria rainha, elas criam um estado popular e são policiadas pela rainha, mas são livres porque as abelhas amam a rainha que têm", dizia o Cabelo, agitando os braços.

Tentei quatro vezes, na quinta o fogo acendeu os gravetos. Agachado, prendi a respiração, não mexia um músculo. Era como se a ausência de movimentos pudesse encher o ar de oxigênio e ajudar as chamas a se espalharem e subirem pelas plantas feito pipas.

"Todo mundo gosta delas por isso, todo mundo sem exceção, mas as abelhas não falam e portanto não..." — "Cala a boca!", gritei — e minha fogueira diminuía, foi diminuindo, até apagar por completo. O Cabelo arregalou os olhos e veio na minha direção: "Repete o que você disse!", berrou, e a camisa dele estava do avesso, mas achei melhor deixar pra lá. "Repete que eu te deixo manco, repete!", não repeti, o que fiz foi assoprar o quanto pude meu projeto de fogueira; a brasa na ponta de um galho brilhou. E morreu.

Pouco me importava que o Cabelo, então, tivesse decidido me arrastar pela blusa e emendar quatorze frases sobre apicultura e luta livre enquanto eu esquivava aos sulcos pela plantação, tentando resistir. Pouco me importava que eu estivesse sendo puxado para a zona proibida e não conseguisse atracar os meus navios nos talos de planta. Eu não queria ir pra lá de jeito nenhum. O Cabelo liderava a correnteza e não parava de falar "ndo é separada da sua comunidade, ela morre, porque todas trabalham para todas até as cegas e as pernetas, criando os ovos em alvé", ele queria me mostrar os quatro caras do lado de lá e também o Bruno, que devia estar rondando a fronteira do arame sem saber se entrava ou saía.

Já que eu não podia me segurar nas plantas, tentava ao menos atear fogo no caminho. (O Cabelo agora usava a força de uma mão para puxar o meu braço e eu comia pó porque não sabia nadar.) Na popa, acendia e apagava o isqueiro como sinal de que não tinha abandonado o meu posto. Segundo os meus cálculos estávamos a trinta passos do lado de lá, numa velocidade de quinze frases por minuto. Quando chegássemos, juro que ia apresentar queixa à Marinha Mercante pelas péssimas condições de navegabilidade impostas pelo inimigo e tiraria uma chapa do meu pulmão. Em vez de soluçar, eu tossia. Quando faltavam quinze passos, o Cabelo parou, me soltou pedindo silêncio.

    Era como se estivéssemos numa plataforma no meio do mar. Como se o sol pingasse na água. Como se a água apodrecesse o cinza-escuro da plataforma e, como se no meio do alto-mar, como se o Bruno saltasse. Como se a queda fosse lenta. Primeiro a ponta dos dedos, depois o cotovelo, a orelha, a barriga, a sola do pé. Da plataforma eu e o Cabelo procurávamos o Bruno na água — como se a água manchasse o cinza-escuro por dentro, como se o Bruno cinza-escuro não voltasse à superfície. Como se a água agitasse ondas e ondas à nossa volta, como se o Bruno continuasse submerso, encostado na cerquinha de arame, olhando o lado de lá. Mesmo que emergisse agora, ele não aceitaria mais a mão do Cabelo. Estávamos os dois ajoelhados, os dois com o pescoço esticado (quatro olhos do tamanho do mundo) e tentávamos enxergar o que acontecia na entrada da zona proibida.

    O Bruno estava sozinho, de costas, e mesmo que a gente acenasse e jogasse uma bóia ele não ia ver coisa alguma. Para falar a verdade, era difícil enxergá-lo na superfície, mas ele ainda estava lá. Uma vez, eu lembro que a gente subiu na casa da árvore pra comer grilo morto, só os que tinham coragem. Quando todo mundo estava lá em cima, o Chibo roubou a escada e sumiu correndo. Ficamos os três presos com os cadáveres dos grilos, era muito alto e chovia. A gente gritava demais naquela época (por isso o Chibo foi embora com a nossa escada: porque a gente gritava demais, naquela época). A gente berrava tanto que perdia o equilíbrio, e eu lembro do Bruno com os pés pra fora da casa na árvore, as mãos em concha, gritando e gritando e gritando até que ele fez muita força e caiu.

Eu senti a mesma coisa hoje, na boca da zona proibida, que senti naquele dia em que o Bruno caiu. Eu e o Cabelo engatinhamos para a borda da casa na árvore num zupt detentor de recordes para ver o que tinha acontecido. Se duvidar, acho que a gente chegou antes mesmo de o Bruno tocar o chão. Ele tinha afundado na lama e engasgava, a respiração toda encharcada, as ondas indo e vindo. Da plataforma, o Cabelo estendeu a minha corda para efetuar o resgate. Os olhos do Bruno engoliam água de tanto olhar pra gente, mas olhavam pra trás também. Olhavam pra cima e olhavam pra trás. Foi aí que eu senti medo: não quando o Bruno caiu, mas quando ele começou a olhar pra trás e considerar a possibilidade de ir embora que nem o Chibo fez, levando a nossa escada.

Mas o Bruno subiu e aceitou a mão do Cabelo. Ficou com a gente a mascar os grilos e a torcer as roupas ensopadas até escurecer.

Agora ele não ia aceitar a nossa mão para subir de volta, o Bruno. O Cabelo sabia disso melhor do que eu — "com a fumaça, daí depois de mortas elas são sacudidas pra fora do favo, o mel fica descansando e a cera que" —, por isso ele tinha voltado a resmungar febrilmente de onde tinha parado e eu até achei aquilo um alívio, a coisa toda das abelhas "com cinco olhos por isso elas sabem quem está batendo as asas e quem está fazendo corpo mole e daí a gente pode ver que elas nunca trairiam a rainha as abelhas. Nunca trairiam a rainha. Em um milhão de anos, porque a rainha é gorda e dança bem".

  O Cabelo fez uma pausa respeitosa para não morrer azul, bem a tempo de ouvir um barulho de mato seco vindo da parte proibida da plantação. Foi tão rápido que nenhum de nós viu direito a sombra que passou do lado de lá para o nosso lado, apressada e de botas pesadas. Nosso território tinha se rompido por aqueles passos que cresciam e cresciam, eu mergulhei no chão. Sem demora o Cabelo estocou nos pulmões todo o ar que pôde e me seguiu, desabou espirrando galhos pra cima. Deitados, a respiração presa, nossos olhos cresceram, frente a frente, e no espaço entre eles atravessou um cardume de formigas.

  Elas seguiam em fila e também pareciam vir da zona proibida. Carregavam folhas de todos os tamanhos, migalhas menores que uma unha, pedaços de semente. Traziam coisas que não eram nossas, e do mesmo jeito que entravam, saíam, levando a plantação, farelos de pão e bolacha, pro outro lado. Ali, no chão, olhando as formigas, vi que partes do lado de lá se infiltravam no nosso território sem que a gente percebesse, e isso talvez não fosse de hoje. Acontecia pouco a pouco, desde sempre. O meu isqueiro, por exemplo, era muito fácil agora dizer "o meu isqueiro" e apagar da cabeça que ele tinha sido do Bruno e que um dia foi do Cara Morto. A gente não percebe quando as coisas de lá se misturam com as de cá nem quando a gente passa pro outro lado. Pensei no barulho que eu nunca sabia de onde vinha, o zumbido, enfiei os dedos no bolso e um gafanhoto cheio de terra e pão se mexeu lá dentro. Coloquei o bicho na palma da mão. Ele ficou paradinho, encolhido, parecia um graveto. Não é culpa do Bruno, pensei. Ele se juntou com o Cara Morto e traiu a pátria e matou a rainha, mas não é culpa dele. Também não é culpa do Chibo. Ou é, porque o Cabelo fazia questão de me lembrar que sim, o Chibo não precisava ter abandonado a gente, eles dois podiam muito bem ter escolhido ficar com a gente do lado de cá do arame. O Cabelo subiria numa pedra e discursaria dizendo que o Bruno não tem umbigo, que ele é desses que trocam de camiseta cinco, dez, quinze vezes por dia. Meu ar tinha acabado; então entendi que éramos dois náufragos, eu e o Cabelo, e quase engasguei.

Levantei a cabeça para não me afogar e vi duas galochas azuis manchando o corredor de milho bem perto da gente. O homem, todo sujo, cortava o mato com um facão e passava longos períodos examinando raízes e as espigas que começavam, miúdas, a surgir no topo das plantas. Ele tinha visto a gente, eu acho, mas estava ocupado demais espionando as imediações e — O Cabelo me cutucou: perto da cerca o Bruno estava mesmo indo embora, cheio de relâmpagos, feito o Chibo quando o carro partiu. Saquei do bolso o isqueiro e vi o estômago do Cabelo encolher e cair torcido. Aquilo não era nada justo — o Bruno, cada vez menor, sumia pela borda do milharal. Perdemos o espião búlgaro, o homem bala, o Bruno-que-balança-no-trapézio, e o que ganhamos em troca? Um par de botas azuis, um grandão todo molengo, um barbudo ensebado e enxerido.

Quando a maré baixou, o Bruno não voltaria. Um, dois, três, quatro homens, fumando e falando alto, passaram para o lado de cá — toda uma organização invisível cujas pontas eram o Cara Morto e, agora, o Bruno, que abandonou o posto na Bulgária. "Aquele ali, o das bochechas", o Cabelo apontou e eu decidi que não ia me entregar, não assim. Convocaria o exército búlgaro e traçaria o plano para a expulsão dos invasores. Eles se aproximavam, mas nossa ofensiva avançaria sem medo e com luzes velozes combateria até o fim, até o último soldado, e numa ribanceira encurralaríamos o inimigo para depois comemorar a vitória com charutos (em câmera lenta e sem som — porque o Bruno não voltaria). O Cabelo estava desolado. Primeiro o Chibo e, agora, o Bruno. Eu, enfim, consegui que um pouco de mato pegasse fogo e brincava com duas labaredas mínimas. Os quatro homens trinchavam moitas quase em cima das formigas, que agora faziam o caminho inverso e carregavam balas de goma na direção da zona proibida.

6

Nós afundaríamos nas poltronas da segunda fileira, esticaríamos os pés e eu perguntaria para você quem é o mocinho, se aquele ali é primo do personagem principal e se falta muito para acabar. Jogaríamos pipoca pra trás durante as perseguições a cavalo e eu cutucaria você mais uma vez para saber se o malvado é o de azul. Se o verão acabasse hoje, eu iria ao cinema — o Cabelo está tomado por uma nuvem de birra e tenta fulminar a fila inteira das formigas com uma única cara de bravo. Eu esperaria o fim da projeção, ficaria sentado por um tempo enquanto passam os créditos e daí eu diria — entendi! Então esse cara do final era o mesmo do começo, né? O tempo todo. E você reviraria os olhos e sairia do cinema levando a nossa escada. O que (aliás) seria muito injusto, pois não é minha culpa se a história é confusa e os personagens têm o mesmo bigode, Chibo, eu não queria tocar no assunto mas já que você vai me falar do filme podia dizer o que aconteceu, o que diabos aconteceu para você correr tanto — não pode ser só porque a gente gritava. Você podia me contar por que não desceu do carro, por que não aparece há dias, ou se faz mais tempo que você foi embora e eu não percebi. Podia me explicar qual é a graça de deixar três emissários da rainha e um monte de grilos mortos presos numa casa da árvore, podia me dizer o que tem de tão legal em sair na chuva sem

nós, em sumir de repente quando a gente precisa de ajuda para brigar com os Ceifadores da Rainha Morta. Você sabe que da segunda fileira eu nunca sei quem é o mocinho e o que aquele sujeito com a roupa espacial está fazendo naquela coisa que gira, então eu aproveito o momento para invocar meus direitos de caçula e exigir explicações sobre todas essas coisas e outras que você quiser explicar. Eu não sei quem é o mocinho, mas se é verdade que o Bruno traiu a gente, então eu quero o meu dinheiro de volta. Além disso, os Ceifadores da Rainha Morta estão olhando as espigas e eu acho que eles querem mais do que um cadáver: eles têm facões e tesouras. Eles esperam tudo secar, os homens de chapéus enormes e galochas azuis. Hoje choveu rápido e acho que me gripei, o Cabelo não quis correr para se proteger na casa da árvore, disse que nossa missão era ficar de guarda o dia todo. Ando tossindo, mas sim, claro que coloquei o boné. Minha garganta doeu um pouco, devia ter tomado os tais comprimidos verdes parecidos com ervilhas, eu sei. Acho que eles são feitos de ervilhas ou de pepinos. Isso me lembra aquele filme, aquele em que a mulher mata o marido com a faca dos legumes. Tudo porque ele falou pro irmãozinho dela levar um pacote pro outro lado da cidade (uma zona proibida). Era uma bomba-relógio, sim, sim!
— quando estou na primeira fila entendo tudo de cara. O garotinho se atrasa no caminho, a bomba explode e ele morre. Você riu, eu não sabia que se matavam crianças nos filmes, e sempre pensei que você gostasse mais dos faroestes do que das histórias de medo. Agora prefere os filmes de medo, tá bom. Passei a tarde apostando com meus botões quantos pássaros pretos e carcomidos pousariam

do lado direito e do lado esquerdo da árvore toda vermelha. Se o verão acabasse hoje, a gente podia ir ao cinema, mas nada de casas escuras, tábuas rangendo. Já chega essa plantação que ficou grande demais pro Cabelo e pra mim — faroeste, claro. Porque desde o início a gente sabe quem é o vilão e o mocinho é sempre aquele, o da voz de cantor de bolero. Os personagens abandonam a cena, a fumaça, as conversas das pessoas no bar, e eu vou afundando mais e mais na poltrona. Por que nunca mostram pra onde eles foram? O mocinho deve ter trotado pra trás da tela a fim de esticar os pés e vestir um short limpo como eu não faço desde o velório do Bob; na parte de cá do Cinemascope sobraram um velho no balcão, a música lenta e o pequeno ritual de acender o cigarro, toda uma luz alaranjada. Não me diga que você está torcendo pro mexicano de unhas pretas e galochas, não acredito, ele é o vilão e o Cabelo diz que os vilões nunca tomam banho. Eles matam famílias inteiras sem tirar o cigarro da boca, Chibo. Eles fuzilam garotinhas loiras com uma elegância de árvore, fecham um pouco os olhos para ver os enforcados ao sol e cultivam tufos de pêlos na palma da mão (para mostrar que são maus de doer). Eles têm apelidos como Dientes Rotos e andam com um gingado muito, mas muito bacana. Eles não têm amigos, besouros ou tias solteiras, só uns capangas meio burros e o tapa-olho marrom. Tá bom, é verdade: mesmo assim são mais maneiros do que o sujeito-barrica de nome Tuco Benedicto Juan Maria Ramirez, o Feio, e mais heróicos do que o Cabelo e eu fazendo plantão de vigias na entrada da zona proibida... nós somos o velho no balcão que pede um uísque e acende o cigarro na escuridão do fade out — o velho no balcão que só percebe as coisas quando elas ficam turvas, dão errado ou se comportam de um jeito estranho. Durante a chuva rápida de hoje eu traguei uma neblina imaginária, matei o uísque e pensei em alguma coisa bem amargurada para dizer ao barman, mas os pingos só duraram cinco minutos e o Cabelo não estava nem aí para a minha comovente tragédia: os comanches fatiaram a Rainha Gorda, meu irmão cavalgou em direção ao Oeste para desbravar o país, eu não tenho chapéu, meu besouro morreu e a qualquer hora o Bruno-Dientes-Rotos entrará no saloon com os pistoleiros barbudos e pronto: vai saquear o recheio cremoso de todos os biscoitos doces e vai profanar o túmulo do Bob. Tá bom, não precisa repetir: se eu não leio a sinopse na porta do cinema eu entendo tudo errado, e se o filme está chato eu invento tramas melhores. E daí? No fim das contas a chuva não molhou nada nem refrescou o chão, e eu pensei que talvez não estivéssemos vigiando, mas sendo encurralados. No cinema a noite é imensa: há um plano que nos escapa, algo tramado no escuro, alguém que escreve uma carta, duas sombras de chapéu que trocam embrulhos sob uma cortina de chuva morna. Os trens partindo. Imagino agora você e o Bruno num desses vagões. Reunidos em branco e preto com homens de ternos cinza, fechando negócios, comentando o aumento de 27% da produção anual de milho, enquanto a sopa de aspargos não vem. Isso tudo sem legendas, aposto. E falado numa língua estranha. O Cabelo, bancando o tradutor, conversa sozinho, triste e sem entender o que diz. Pra lá e pra cá, o Cabelo anda em círculos e parece uma coruja: ele fecha um olho sem fechar o outro e nem sequer piscar. Você olha pela janela do trem, Chibo. Deve ser mesmo difícil apontar a diferença entre uma subida e uma descida nessa escuridão toda. As cidades vão passando, ficam pra trás e fazem surgir uma porção de lembranças (falsas) na sua cabeça e na minha: a memória é um relógio enguiçado. Eu subo na casa da árvore e tento dar ordem à catástrofe de latas e parafusos espalhados, como se dessa maneira pudesse empilhar também meus pensamentos, separando-os por tamanho e tipo, forma e cor. Chibo, eu não quis acreditar, mas dentro da caixa das balas de goma, lá dentro, no fundo, perto de uma vermelhinha muito velha e grudenta, achei o anel do Cara Morto. O Bruno, ele foi embora e deixou o anel. Ele desistiu, Chibo. Você desistiu. E eu só não chorei porque nunca choro na frente da minha coleção de tampinhas de garrafas pet. Se o verão acabasse hoje, eu viraria pra trás e pediria para rebobinar a fita: o Bruno correndo de costas, os homens descalçando as galochas, as lagartixas deslizando tronco acima e o Cara Morto levantando da tumba e tirando a gente para dançar twist. Porque eu já sei o que aconteceu — o rolo do filme deve ter estragado com a chuva, Chibo, lembra da chuva? No dia em que você foi embora, pouco antes de o Bruno cair na poça e ser detido pelas autoridades na casa da árvore. Foi quando as nossas legendas se dissolveram e o rolo enroscou na máquina de projeção; agora chegou o ponto em que eu não entendo mais nada e para falar a verdade não lembro se a gente viu o Cara Morto alguma vez e nem sei se ele chegou a existir de fato (me perdi bastante no enredo depois que você saiu da sessão pela porta dos fundos e o pessoal decidiu que seria uma boa hora para conversar em chinês). Mas isso é o de menos, pois agora estou com o isqueiro e com o anel do presunto, parado diante das minhas melhores tampinhas de garrafa pet e não posso ir embora. Não posso chorar, pegar soluço e nem entrar em pânico porque elas estão olhando (acham que eu sou o mocinho da história), não posso desapontá-las só porque eu tomei muita chuva, tenho frio e não quero mais ver esse filme. Perguntei pro Cabelo se ele achava que eu tinha febre, ele respondeu que eu podia ficar lá dentro da casa da árvore, se eu quisesse, e se eu não quisesse também, em suma, que eu ficasse onde me desse na telha porque ia dar na mesma, daí perguntei pra ele o que é que as abelhas fariam numa situação dessas e ele respondeu: churrasco. O Cabelo não estava batendo muito bem e eu perguntei se ele tinha febre, então ele se pôs a engrunholar em chinês e continuou a vigiar os flancos da plantação de milho pela noite afora. Eu não sei explicar o que são flancos mas sei que Afora é o nome de um lugar — mais especificamente um planeta — onde é proibido desapontar os outros e onde alguém tem que fazer alguma coisa, rápido, de preferência quem estiver mais perto. Olhei a plantação Afora e notei que o ar estava sépia, um pouco turvo e com gosto de pó. Até aí, nenhuma surpresa, já que o nosso rolo de filme a esta altura deve estar bem turvo e podre, com carunchos carcomendo as bordas — carunchos de galochas azuis analisando as espigas de milho e encurralando nós dois para sempre, o Cabelo e eu, carunchos que não vão atacar a gente com grandes facas de legumes e nem com pedras e nem com fogo, não senhor, eles vão esperar tudo secar. Eu não quero secar, Chibo, ficar esturricado e cair pro lado esquerdo. Eu não quero ver o campo inteiro amarelo e as folhas crocantes, muitíssimo mortas. Não sei se eu ia gostar de enterrar todos os pés de milho (os cristãos e os não cristãos) ao lado da tumba do Bob, pois eu teria que cavar com os garfos tortos e limitar o tempo de cada cerimônia fúnebre a três ponto quatro minutos, o que seria triste para as viúvas. Imagina o trabalho que daria enterrar a plantação inteira, pé ante pé, espiga após espiga, as lápides e as cruzes e as oferendas de casca de joelho se enfileirando como provas do pior verão da história. Talvez não seja o pior, mas o último? Definitivamente não vai chover mais, dá pra sentir o gosto, e eu pensei que talvez eu. Eu pensei que talvez. Eu pensei que— o verão passado, Chibo, o que é que aconteceu no final? Olhando para o Cabelo emburrado lá embaixo me dei conta de que eu não conseguia lembrar o que aconteceu no final dos outros verões, o verão do Bob por exemplo, como é que acabou o verão do Bob? E a temporada do circo? Talvez — não sei se por causa do meu choro engasgado ou dos tradutores (que são péssimos) — talvez eu não tenha assistido nenhum desses finais. Mas não se trata de "não me lembro de ter encontrado ninguém ontem". Pelo contrário, eu me lembro de muita coisa — e deve ser por isso que não lembro de nada, porque a multidão de cenas me soterra: lembro da gente colando figurinhas no chão da casa da árvore, dos grilos mortos, lembro do Bruno virando dias à cata de um besouro decente. E se todas essas lembranças forem falsas? Embaladas, etiquetadas, iguaizinhas às originais. Mas falsas. Trazidas (centenas, milhares delas) na calada da noite em um contêiner gigante no porão úmido de um navio búlgaro, no mesmo compartimento dos isqueiros, dos anéis e das balas de goma. Distribuídas por toda parte. Todas iguais, só pra me confundir. Cenas e situações gravadas e registradas, prontas para serem repetidas até o infinito, afixadas nos postes e nas portas dos cinemas, entregues via satélite, pelos monitores, telefones, no farol vermelho para quem estiver vivo e/ou se mover. Deve ser por isso que não me lembro do final dos outros verões: não sobrou espaço. Tralhas, tralhas. Cinco elevado a cem, doze mil novecentos e cinquenta e quatro, dez vezes um bilhão, até ficar completamente... vazio. Ou talvez porque um fim de verão seja simplesmente coisa muito cruel — os homens de chapéus enormes e galochas azuis destruindo tudo — e fazemos questão de esquecer e de pensar que talvez fosse possível enganar o tempo, alongar o verão pra mais tarde e não dormir. Nunca. Chibo, quero saber quando você vai voltar. Tento esticar o pescoço, dar uma espiada nas cenas dos próximos capítulos. Mas os carunchos (barbudos e ensebados) estão roendo o filme lá na frente, e vou ter que pegar o Cabelo pelo pé e correr para tentar assistir nem que seja o finzinho, uma última fala, seca e queimada nas bordas: "Vamos embora." Contanto que não seja um final como aquele do último filme que a gente viu: o pequeno Joey de pé na poeira do deserto, a bermuda imunda, vendo o mocinho trotar em direção ao pôr do sol: Volta aquiiiiiii, ele grita, volta aqui. Tudo isso dublado, e mesmo assim o mocinho da história não volta. O Cabelo deu um grito, me chamou lá embaixo. Ele queria falar (em chinês) que a zona proibida tinha crescido oito palmos desde ontem. E que os homens de galocha tinham sumido da face de Afora, não estavam nem aqui e nem ali. O Cabelo me perguntou se eu sabia pra onde eles tinham ido, e eu respondi que não lembrava o que aconteceu no fim do verão dos palitos de fósforo — eu sei, não foi uma resposta digna, mas ele retrucou — que verão dos palitos de fósforo? E eu fiquei preocupado. Você lembra, não lembra, Chibo? A gente apostava corrida de costas nas raias da plantação: você largava sempre na raia um (o caminho de milho mais largo, porque você era o chefe), o Bruno pegava a raia dois, o Cabelo ficava na três e eu gritava que não valeu. Não era justo ficar com a raia pior, aquela que arranhava os cotovelos e tinha bicho no caminho, mas eu corria mesmo assim e chegava na frente do Cabelo. O Bruno vencia uma prova atrás da outra sem nem mesmo olhar pra trás (ou melhor, pra frente): nem correr de lado ele corria, como a gente faz quando tem medo de trombar em alguma coisa. Era sempre de costas, o caminho todo, o Bruno era muito bom naquilo. Tão bom que ele ganhou todos os palitos de fósforo, e não deu pra apostar mais nada porque a gente não tinha o que dar em troca. Lembro do dia em que ele ganhou o último dos últimos e reuniu as dez caixas de palito na beira do laguinho. Chamou a gente pra ver. Lembra? O Cabelo ficou honrado com o convite e acabou tirando um palito de dentro do tênis, um palito que ele tinha escondido para uma emergência. Juntou-o à coleção do Bruno e nós ficamos admirando tanta fartura no chão perto do laguinho. O dono de tudo aquilo disse que era palito demais para uma pessoa só e que a gente devia pensar em uma utilização decente: foi o verão dos palitos de fósforo. Tinha fogueira todo dia e esculturas abstratas do Cabelo — este, senhoras e senhores, é o Grão-

Palito se preparando para invadir o reino de Sua Majestade a Rainha da Bulgária. Este é o exército do Grão-Palito, veja como eu esmago o inimigo com apenas um sopro de poder (fuuuu), e lá se iam as obras de arte coladas pacientemente durante horas de trabalho duro (a performance era mais importante). A gente ficava procurando ocupação pra tanto palito, e gostávamos de fazer o que a caixa mandava: "Não riscar contra o corpo, nem com a caixa aberta; manter longe de crianças, do calor e dos produtos altamente inflamáveis." Lembra? Teve uma explosão que quase fez o Cabelo voar. Como é que alguém pode esquecer disso? Tudo bem, você só lembra de algumas partes, eu não vou insistir. De qualquer forma, o verão dos palitos de fósforo não era a pauta do dia — o Cabelo estava preocupado com o sumiço dos homens de galocha porque provavelmente a essa hora eles deviam estar concentrados fora da plantação para atacar, como o exército do Grão-Palito. Eu sei: eles foram surpreendidos pela chuva. É a única relação causal que você, Chibo, é capaz de aceitar: eles foram surpreendidos pela chuva e bateram em retirada, e sabe por quê? Eles estão esperando a plantação secar. O exército dos homens de galocha agora aguarda mais uns dias de sol forte antes de atacar, e eles têm razão, porque vai fazer o maior calor (vai, sim). De modo que a gente tem alguns dias para organizar a defesa ou atacar de uma vez, eu e o Cabelo, os dois samurais que sobraram. Quem sabe o nosso ataque seja riscar alguns fósforos contra o próprio corpo (como manda o rótulo da caixa) e partir em direção ao inimigo, ambos em chamas, gritando qualquer coisa sem nexo para assustar o chefe dos homens de galocha. "Besouros!", nós gritaríamos, desgovernados, e seria um fim bastante respeitoso (aos grandes homens, a pátria reconhecida). Se o verão acabasse hoje, mas o verão não acaba hoje, então talvez eu tenha que incendiar a plantação para que os homens de galochas não destruam tudo primeiro. Tem que ser essa a nossa tática. Eu não posso deixar aquele barbudo ensebado acabar com o verão dos outros, Chibo, a gente tem que fazer alguma coisa. Mesmo uma coisa burra é melhor do que nada.

7

Tudo bem que o Cabelo tivesse convocado as abelhas sentinelas e passado a barrar até as moitas na porta da plantação. Durante dias e dias ele nem sequer tossiu. Tudo bem que estivesse cansado. Mas — cutuquei o Cabelo — ele não podia dormir, não agora.

Sentado na casa da árvore eu quis berrar. E viriam os bombeiros, porque estávamos no fundo de uma poça de silêncio. Viriam os jornais. Nosso resgate seria transmitido ao vivo, com narração e tudo. Na Bulgária, uma velhinha muito velhinha com um saco de pães acompanharia nosso drama de pé na calçada, pelos televisores da vitrine (chuvisco vertical, chuvisco horizontal). Quadro a quadro, de todos os ângulos, com seis a dez cortes por minuto: os helicópteros sobrevoando o local, o chefe dos oficiais descendo às profundezas da tarde e puxando o Cabelo pelo braço e puxando com força, mas tão forte que o braço dele se desgrudaria do corpo, comovendo o mundo. A velhinha quase desmaiaria e o dono da loja de eletrônicos apareceria para acudir — e viriam os místicos, viriam os profetas e as procissões. A história do menino sem braço seria repetida nos bares e estamparia as primeiras páginas. O repórter perguntaria ao bombeiro: que fazer agora com um braço a mais e quinze dedos? "Passar o resto da vida plantando bananeira e nunca, jamais, ser derrotado nas partidas de bola de gude", diria ele, antes de ser linchado pela multidão.

 Quanto a mim, bato as tampas das caixas de tênis e sacudo o Cabelo pelo braço, tomando cuidado para não tirar nenhum osso do lugar. O sol tinha voltado (para ficar) e o amarelo ensaiava tomar o campo até as bordas. Cutuquei o Cabelo com um pauzinho. Ele resmungou bloarsh-bloblof, virou para o lado e nem roncar roncou quando BUM, um barulho de máquina. E de novo. E mais uma vez. Levantei, assustado, e acabei pisando em falso. Um pedaço de madeira se rompeu e eu quase caí — minhas pernas afundariam no vazio e eu me penduraria por dois dedos. Se eu caísse, o Cabelo abriria lento os olhos (com aquela cara de quem não sabe quem é o prefeito e nem que horas as pessoas costumam almoçar) e daria um salto. Apavorado, viria na minha direção, escorregando, quase caindo também. Mas eu não ia gritar, não ia não, e nem sentir medo, porque o Chibo estaria lá embaixo, empilhando travesseiros para não me deixar virar gelatina. Pensei com muita força no Chibo e em como ele gostava das balas de goma só por causa do anel que vinha junto. O Cabelo chegaria a tempo de me segurar pelo pulso, me puxar pra cima — informando que no auge do verão as abelhas operárias vivem de cinco a seis semanas — e precisaria me chacoalhar para que eu voltasse à consciência porque todo um clarão de conexões, batidas, vozes e vibrafones me cercava. Nesse instante, BUM, a máquina de novo. O chão tremeu, pensei que fosse desabar. Aconteceu de outra tábua se soltar bem perto de nós, e lembrei da lagartixa caolha que encontramos no laguinho há uns dois (ou três) verões: o Cabelo distribuiu a artilharia e o Bruno abriu fogo. As pedradas perseguiam a lagartixa, que fugia em ziguezague respirando forte, numa ânsia de escapar que eu nunca vi. Quando a gente chegou perto para ver se o Bruno tinha acertado, ela estava parada como qualquer lagartixa, mas tinha apenas um olho, saltado e úmido, o olho mais triste de todos. O Cabelo achou muito cruel fazer um negócio desses com uma lagartixa caolha, mas o Bruno lembrou que ela tinha sido muito mais ágil do que as anteriores e poderia enxergar o cessar-fogo como uma manifestação de pena, não de respeito. O Cabelo argumentou que ela não ia enxergar coisa nenhuma, porque era caolha, e a lagartixa deu uns passinhos para a esquerda em aprovação. O Bruno disse que ela estava provocando e, braço erguido, ia esmagá-la com uma pedrada à queima-roupa quando o Chibo apareceu — e quase esmagou o próprio Bruno à queima-roupa. A gente separou a briga dos dois e a Caolha fugiu.

Nos meses seguintes (o mês-pó e o mês-palha), o barulho continuou. Às vezes não anoitecia e, de tempos em tempos, ouvíamos os estrondos. Secos, altos. Vinham dos arredores do laguinho. A gente marcava no calendário do Bruno cada movimentação estranha: no mês-pó, que começou depois de ontem e durou dezessete pés de vento, nós ouvimos um CROC ou um CATAPLUSH, é difícil saber. São os homens de galocha, o Cabelo falou. Eles devem ter chegado antes. De surpresa e, o que é pior, com explosivos. Ficávamos ilhados na casa da árvore, ouvindo os trovões, sem coragem de descer. O mês-pó era especialmente difícil para o Cabelo, que tinha rinite, e para mim, que tossia e pegava soluço por qualquer bobagem, e a gente tentava preencher a folhinha do calendário com rabiscos a mais para ver se aquilo acabava logo. De acordo com o Chibo, o mês-pó costumava durar uns três dias, ou uma década para os besouros, e era seguido pelo mês-palha, que às vezes vinha antes. Nessas coisas de tempo eu não me metia, e assim estava bom. O Cabelo, com a orelha encostada na parede, tentava obter a localização do Cara Morto e seus capangas fazendo uma análise dos ruídos de motor e botas. Segundo o Cabelo, nós viraríamos carvão. Nariz entupido, ele respirava pela boca e por isso foi direto ao ponto: se é verdade que o Cara Morto está vivo, se é verdade que o Bruno e o Chibo se juntaram aos homens de galocha e que vão destruir a casa da árvore, ele disse — e a idéia veio ao mesmo tempo para nós dois —, acho melhor a gente acabar com tudo antes. Apagar a luz, guardar os barbantes, desmontar as esculturas de palito, despejar os cantis. Sacudir as tábuas até bater a cabeça no teto (e ver o chão desmoronar). A sugestão foi aceita de imediato. Nem chegamos a discutir os detalhes. "Vamos ver quem toma mais água", ele disse, e dali a oito pés de vento (copo atrás de copo) estávamos os dois bêbados o bastante para começar.

    A essa altura, as nuvens de pó se dissipavam mas o barulho permanecia (já sei: é um amassador de pamonha com molas que vão e vêm apenas por esporte e um artefato que não serve para muita coisa — mas faz PING, explicou o Cabelo). Apesar da ressaca, comecei a jogar pela janela o nosso rádio quebrado, restos de uma estatueta de bronze, latas e botas fedorentas. O Cabelo sussurrava:

Carregar! Preparar! Apontar! E eu atirava as nossas coisas mais pesadas bem longe, na tentativa de um: acertar o inimigo, dois: honrar a demolição da casa na árvore, e três: tornar nosso navio mais leve. O Cabelo não conhecia nenhuma música de pirata, então cantava Eu sou um bolinho de arroz, yo ho, minhas perninhas vieram só depois — enquanto eu jogava um penico lá pra baixo — os meus braços ainda estão por vir e não tenho boquinha pra sorrir. O Cabelo tinha se animado e fazia coreografias inspiradas no bolinho de arroz, com o necessário comedimento que a letra da música exigia, mas parou para se debruçar na janela quando atirei uma enxada para fora. (...)

Se a gente tivesse uma enxada, a cabana subterrânea que construímos perto do laguinho não teria sido fonte de tantos dedos tortos, isso é certo. Uma enxada teria resolvido nove de dez problemas nossos com a terra e com a autópsia de latas em geral. Aquela enxada não era nossa, de jeito nenhum — os homens de galocha devem tê-la escondido na casa da árvore, mas quando? Estávamos confinados ali há exatos 870 meses-pó, apenas eu, o Cabelo e os ruídos de máquina, ora explosões, ora um TECTECTECTEC. Isso e mais nada. Também não havia ecos, só duas nuvens magras, nuvens, que são as coisas mais perigosas desde a roda-gigante, porque são fixas e se movem, ao mesmo tempo.

Olhei pelo buraco no chão: o capim estava quieto. Fui até a porta (a casa da árvore precisava de uma porta) e, no céu azul, a dupla de nuvens corria rápido, depois sumia quando a gente olhava pra cima. Me escondi atrás das cartolinas. As nuvens me assombravam. Fiquei algum tempo imóvel, agachado, espiando aqueles monstros pálidos, traçando paralelos entre as nuvens e o brusco aparecimento de uma enxada entre nós.

O Cabelo quis saber se a enxada era minha. Ofendido, fiz que não com a cabeça e peguei soluço: era só o que me faltava. Tentando prestar atenção no barulho das nuvens, que podiam atacar a qualquer momento, decidi continuar o trabalho de esvaziar o nosso navio. Arremessei latas de suco, um amontoado de figurinhas, as balas de goma, bonecos de massinha, índios, piratas, chaveiros, times de botão, uma caixa de ferramentas. O Cabelo gritou: Espera! Nós nunca tivemos uma caixa de ferramentas. Alcancei-a antes que escorregasse da minha mão. O Cabelo grudou na parede. Fechou um olho sem fechar o outro, tremeu, parecia a lagartixa caolha. Como uma nuvem que surgisse de repente, uma caixa de ferramentas estava ali. Martelo, chave de fenda, furadeira. Coisas que não são nossas, feito as migalhas que as formigas traziam da zona proibida. Ou será que eram e tínhamos nos esquecido delas? Soltei a caixa no chão. Com a ponta do pé, devagarinho, o Cabelo empurrou aquilo lá pra baixo. Empurrou e deu um salto, foi se esconder num canto. Ela se espatifou. Marchei até o calendário e, pressentindo um avanço das nuvens, risquei todos os dias do verão. Atirei longe as revistas velhas, os carrinhos, um pneu de bicicleta. Atrás da coleção de barquinhos, uma luva de borracha. O Cabelo tirou o tênis e calçou a luva no pé. Eu fiquei encostado na parede, e tentei inventar uma história melhor:

O mistério enraivecia o Tambor que passava, caminhando sobre velhas pegadas, para arrancar uma espiga do topo de um pé de milho. Mesmo sendo, de todos, o barbudo com o topete mais ensebado e as botas mais reluzentes (em parte porque ele as polia com cuspe), Tambor não parecia contente e espantava as moscas com um olhar furioso. Ele não tinha provas, mas talvez um dos seus comparsas tivesse roubado a caixa de ferramentas. Talvez todos eles. Talvez o Cara Morto. Talvez um dos moleques com a ajuda do besouro.

Tambor botou a máquina de amassar pamonha para funcionar, tentou descalçar as galochas, desistiu. Para piorar, tinha essa história das nuvens. Quando ele olhava pra cima, elas fugiam. Aí ele olhava pra baixo e dava conta do sumiço de alguma coisa: a enxada, as luvas de borracha, o rádio de pilhas — sem o rádio de pilhas seria impossível ouvir o ZING SOC POW do King Truman e os gritos da platéia, e impossível imaginá-lo recebendo o cinturão dos médios pesados pela décima vez. As tardes na plantação não seriam suportáveis sem o rádio de pilhas, pensava o Tambor. As espigas também não iam bem. Já era época de terem secado a ponto de cair do pé, mas olhando de perto estavam molengas (talvez por causa da tempestade rápida da terça-feira). Como não podia resolver a chuva e tudo o mais, decidira revolver as folhas e sujar as unhas em busca de lagartas, que ele guardava num saco de estopa pendurado no ombro. Lagartas, relíquias dos naufrágios, muito verdes, o Tambor as chamava de esmeraldas. Na hora do almoço, fazia um sanduíche com as maiores e as outras devolvia à terra — para ficarem mais gordinhas e preciosas.

O Tambor arranjou um par de botas reluzentes, muito azuis, e fugiu de casa. Ele se juntou a um bando de homens sujos em um caminhão (que partia bem cedo, quando ainda estava escuro) e foi rumo a um campo de laranjas no sul. Na época, quem quisesse ficar rico devia seguir as laranjas, era o que diziam. O dia chegou poeirento na estrada, batido de sol. O caminhão tremulava contornando pequenas cidades cujas torres de igreja subiam entre as casinhas. Era bom pensar nas laranjas e nas plantações se espalhando, fartas e imensas. O Tambor não sabia explicar, mas estava feliz. Mesmo quando o caminhão parou no acostamento com problemas no motor. Mesmo quando começaram a fumaça e o cheiro de óleo queimado, nada podia estragar os sonhos de uma vida entre as laranjas. O Tambor seria proclamado rei e viveria para sempre no gomo central de uma laranja gigante. Ele tinha bochechas enormes e ficou ainda mais feliz quando o velho sentado ao seu lado na carroceria, um velho da pele cinza e bigodes, falou: as laranjas são lâmpadas. Aquilo pareceu a coisa mais digna e verdadeira do mundo; lâmpadas, as laranjas. Apesar da cara de jabuti e dos petelecos que dava nas crianças que brigavam pelas beterrabas no chão, o homem sabia o que estava dizendo. Sabia sim. O Tambor olhava os campos lá longe e sem dúvida preferia laranjas a ovelhas. As laranjas, as laranjas. Porque eram lâmpadas.

Mas não durou muito. Depois de um ano-palha, o ramo dos cítricos se mostrou confuso e imprestável. Emoldurado pela janela de um trem, o Tambor partiu. Entre roupas, cascas e um canivete, levava uma lagarta torrada de sol, que tirou do saco e colocou na beirada da janela. Estava na estrada, de novo. O velho da pele cinza e bigodes, chapéu na cara para tapar a luz, pediu que ele jogasse as cascas fora porque o cheiro estava incomodando, as cascas das laranjas que afinal eram lâmpadas. Depois disse: as lagartas são esmeraldas. E arrumou melhor o chapéu na cara, sinal de poucos amigos. O Tambor não sabia pra onde estava indo, e tanto fazia que o trem estivesse andando em círculos ou mesmo parado, ele se deixava levar pelo Velho Cinza — o único que sabia ler o que estava escrito em um folheto amarelo, que passou de mão em mão no laranjal abandonado. O Velho disse que era um anúncio de cartomante, nada além disso, amassou a folha, largou-a no chão e foi pensar em outras coisas. Horas depois, a bola de papel não estava mais lá, e o Tambor soube que era hora de arrumar as coisas e acompanhar o Velho. De fato, embarcou no dia seguinte e o Tambor o seguiu. Não trocaram nenhuma palavra sobre onde iam, mas o Velho Cinza deitou as cascas de laranja fora: não queria mais sentir o cheiro. O Tambor jogou as dele também, abrindo a janela, e a lagarta correu para se abrigar do vento. Aquela viagem o Tambor fez sozinho. O Velho estava na poltrona ao lado mas não falava, nem para dizer aonde iam, de modo que o Tambor se ocupava em olhar as casinhas correndo e fazer anotações mentais das torres de igrejas e dos animais que não conhecia (são como vacas mas têm uma corcova nas costas, e pastam imóveis feito figuras na caixa do leite).

O Tambor e o Velho Cinza passaram a morar no trem. Estações entraram, saíram, e os vagões escorreram por grandes campos de árvores nuas, depois gordas, grávidas, onde tudo acaba e começa. A Bulgária se libertou e se envolveu em uma guerra e em outra e combateu ao lado das nações vitoriosas e foi derrotada também. A rainha da Bulgária nomeou o Chibo como Primeiro Espião do Império, bem antes do Bruno. Os carregamentos de isqueiros foram levados para o sul, e o calor voltou. Passageiros desciam e subiam, e um homem esqueceu os óculos no banco, e os guarda-chuvas pingavam na noite, e o Chibo desbravou o mato perto dos pés de caqui e plantou uma bandeira dentro, no coração do campinho. A Bulgária anexou territórios, e fileiras de casas velhas e iguais se amontoavam ao longo da linha, nos limites das cidades, todas iguais. De vez em quando, o Velho Cinza tirava um livro da bolsa, com uma moça roída na capa, e punha-se a ler. Pela janela, a lagarta do Tambor também espiava, encolhida; via os riachos e as cercas, as mulheres que estendiam roupas nas sacadas de ferro, e a senhorita da poltrona da frente tossiu, e o Chibo conheceu o Bruno e inaugurou a casa da árvore (numa cerimônia com caqui e bolacha). O Velho não tirava o nariz do livro, e o Cara Morto ainda nem existia porque naquele tempo o povo búlgaro não estava dividido. Era um só. Mas então a estrada foi construída, e a rainha da Bulgária ordenou que lhe fizessem um trono maior. O Chibo matou a primeira lagartixa, a primeira de todas, meio rosada e brilhante, e ali, perto da árvore, o Chibo descobriu a zona proibida e contou para o Bruno. As luzes do trem se apagaram, e a lagarta dormiu. Vieram as geadas, e os mares esfriaram de novo. O Tambor sentiu fome, olhava a lagarta, olhava o próprio reflexo no vidro sujo, não fazia idéia para onde estava indo, mas seguia o Velho Cinza, e tinha certeza de que o Velho era muito sabido. No banco de trás do carro, o Chibo ficou quieto, cheio de relâmpagos, não queria mais brincar com a gente, e a Bulgária foi bombardeada, as vacas de corcova sumiram da paisagem, e a lagarta passou a usar luvas e um cachecol verde com listras. O Bruno achou o anel do Cara Morto. A grande guerra irrompeu, e o Cabelo não acreditava mais no Bruno, e o Velho Cinza estava mais velho e cinza do que nunca, e o Tambor sentia fome. O Cabelo passava as tardes tentando entender as abelhas, e o Chibo não voltou — ele espichou e trocou de quarto. Imediatamente, o Bruno foi convocado pelo Serviço Secreto a procurar o Cara Morto, que àquela altura podia ou não estar vivo, e uma poça de água morta cresceu em volta do povo búlgaro, que se dispersou pelo mundo, por ruas confusas e úmidas. O livro tombou, caiu das mãos do Velho Cinza (ele tinha ido dormir), e a Bulgária viveu o pior terremoto da história, e os navios búlgaros traziam isqueiros, anéis e balas de goma. O Bruno traiu o governo da rainha. O Tambor sentia fome, e a lagarta fazia palavras cruzadas, e o Tambor pediu: com licença. A lagarta ficou irritada, faltavam apenas três horizontais e duas verticais, estava quase acabando — o Tambor pegou a lagarta, e o trem se contorcia, e a colheita começou, e o exército búlgaro capitulou, e o Cabelo falava sozinho, e o Tambor abriu a boca, e a lagarta tentou gritar, mas não tinha volta: o Tambor mastigou, mastigou, e a lagarta virou uma pasta molenga, as patinhas grudavam nos dentes, e o Tambor engoliu aquela massa de chiclete, e os vagões escorriam e se desintegravam: brancos, pretos, verdes, gosmentos.

8

Os cadáveres das nossas coisas lá fora, em pedaços, fritavam ao sol. Vapores de calor subiam das latas de biscoito, em uma visão de terra arrasada que ecoava as ordens do nosso exército: recuar, sim, e ceder espaço ao inimigo, mas antes destruindo cada palmo de palha que lhe pudesse ser útil. Assim, quilômetros de soldadinhos foram devastados, queimados, esmagados com o dedão. Entre os escombros, o garfo torto agonizava de costas e olhava as cartolinas sendo consumidas pelo fogo, uma enfermeira passava para dar água aos feridos (lá de cima, eu esvaziava os cantis) e nada mais restava de azul.

 A casa da árvore agora era um barco vazio onde moravam as sombras dos nossos verões — solitário o calendário suspenso — e o Cabelo a mexer no chão. Nós dois ainda respirávamos em descompasso e esperávamos retomar as forças para passar à próxima etapa do plano. No meu bolso, um pedaço grande de papel dobrado e um giz de cera aguardavam os nossos desenhos táticos e decisões de estratégia. Primeiro arrancaríamos os pregos das tábuas ou entraríamos de sola na destruição com a enxada? Quem daria o primeiro golpe? Sabíamos que a coisa tinha que ser feita sem dó, como uma pedrada de misericórdia, e que as nuvens magras estavam bem perto, portanto não havia tempo, mas por algum motivo respirávamos apenas, sem a intenção de nos mover. A recente deserção do Bruno só aumentava a ausência do Chibo. Um vento seco entrou pela janela e parou. Eu continuava encostado na parede, pensando:

Furioso, o Tambor abria caminho com o facão pelas ruas fechadas do milharal atrás de seu rádio de pilhas. Assim não podia ser, ele berrava, não tinha saído do ramo dos cítricos para trabalhar com um bando de canalhas em uma plantação de palha. Não tinha viajado verões entre casinhas e torres de igreja com um velho que mal podia falar para ser covardemente furtado naquela curva de mundo. Será que os outros não sabiam que ele, Tambor, era na verdade o rei do gomo central de uma laranja? Será que não se davam conta da pujança de seu topete ensebado e de suas garbosas galochas? Eu bem que tentei despertar o Cabelo daquele transe em que ele tinha entrado desde que a casa da árvore ficou vazia, mas não consegui sequer uma resposta para a minha dúvida sobre as galochas, que na minha opinião podem ser garbosas, quando se cuida delas. Pois bem: a casa da árvore agora não tinha uma só mosca dentro, apenas um calendário empoeirado na parede com sincera disposição de deixar tudo pra lá (dias, anos) e começar de vez o outono.

Nossos móveis tinham sido arremessados depois do pneu de bicicleta, e aterrissaram lá embaixo de ponta-cabeça. Na seqüência, eu fiz questão de arrancar do chão os cromos autocolantes do

Campeonato Mundial de Boxe que a gente colecionou há uns dois verões: King Truman de calção comprido ensaiando um golpe no ar e o escudo de um país que já não existe mais. Eu perguntei se podia haver galochas garbosas, Cabelo, e a casa da árvore estava tão vazia, tão vazia que até fez eco. Mas ele não respondeu, nem grunhiu, em sua obsessão de raspar os restos de cola com a unha. As figurinhas, ou as sombras delas, tinham deixado dezenas de quadrados de goma no chão e era isso o que ele queria extirpar, antes que começássemos a demolição de fato. Mas aquilo não saía, era como tentar arrancar a lembrança do Chibo com as unhas roídas. Eu continuei pensando, encostado na parede, e esperava a aparição súbita do Tambor vindo do sul. Vigiava as nuvens magras também, com o canto do olho para que não se escondessem, e no mesmo ritmo dos passos do Tambor — marchando decidido para a casa da árvore — eu imaginava o que devia estar escrito no folheto amarelo que o Velho trouxe do laranjal. Talvez uma carta. Um mapa do tesouro. Ou as ordens de algum chefe secreto. Não sei. Os motivos que levam alguém a deixar um lugar, os amigos ou um bando de barbudos não estão em folhetos (muito menos nos amarelos). São segredos tão estranhos que a gente mesmo se confunde e nunca sabe direito onde moram, se em cima de uma cadeira verde e lustrosa, se dentro de uma gaveta ou na barriga de algum pássaro empalhado da sala de visitas. Nem quando podem aparecer, a gente nunca sabe. Talvez sob a última sombra de figurinha que o Cabelo e eu raspamos, limpando as unhas na camiseta. O que fez o Velho Cinza partir foi, tenho quase certeza, um segredo — um segredo que eu queria muitíssimo entender. Duro e frio, o Velho foi embora, até morrer cinza na poltrona 46-A do flanco direito do trem. Eu aqui, debruçado no chão, arranho com força o rosto da figurinha duzentos e quinze (o King Truman levantando os braços, os flashes pipocam). E aposto três tampinhas de garrafa pet, das coloridas, que essa decisão de ir embora é como ser empalhado: o tipo de coisa que não se faz. O Tambor e os outros precisavam do Velho Cinza. Mesmo morto, ele seria útil: os bichinhos comeriam seus cotovelos, seu umbigo serviria como adubo para os pés de fruta. Se fosse empalhado, porém, não prestaria mais pra nada. Ficaria distante e sozinho — a morte abre um buraco que o amontoado de palha trata de tapar, entupindo tudo lá dentro. Por isso, porque não queríamos ser empalhados, é que esvaziamos a casa da árvore. Na ferida que o sol abria no ar flutuavam partículas de pó. A cabeça recostada na parede, esperei.

Mas naquela tarde, o Tambor não apareceu.

No dia seguinte, na hora marcada para a implosão, o Cabelo esbaforido pedalava. Surgiu de bicicleta lá longe, suando, o guidão ia de um lado para o outro, o corpo se inclinava para a frente, balançava. Parecia uma maria-mole. Pedal direito, pedal esquerdo. Avançava sobre galhos, raízes. Às vezes parava, descia do selim e com ar de mecânico olhava detidamente os pneus e o aro. Fazia ajustes, regulava o freio e jogava as mãos para o céu, reclamando de qualquer coisa. Ele era grande demais ou a bicicleta tinha diminuído desde o último verão. O Cabelo ficava cheio de graxa quando resolvia sair com a Paquiderme. Era assim que ele a chamava e era assim, pedal direito, pedal esquerdo, que o Cabelo se aproximava. A Paquiderme tinha o casco azul de alumínio duro e parafusos cromados. Perto da correia, três adesivos brancos: "não se finja de morto, pedale", "deve ser muitíssimo longe" e "mas que vento favorável". Do guidão escorriam franjas até quase o farol, um olho único e fixo que o Cabelo acendia nas expedições noturnas. Ele a segurava pelas orelhas, galopava agarrado às costas da Paquiderme, buzinava irritado quando alguma espiga atravessava o caminho sem olhar. Às vezes a Paquiderme não obedecia e o Cabelo caía xingando as cinco gerações da bicicleta, o joelho arranhado, o cotovelo vermelho.

O Cabelo trepidava. Vencia obstáculos e quase nunca conseguia brecar nas curvas. A Paquiderme, com instinto de bicicleta (que é uma coisa difícil de entender), empinava. E ria — as duas rodas pra cima girando em falso — quando conseguia derrubar o piloto e a cestinha. Não adiantava, do chão, olhar feio ou anunciar um corte governamental no fornecimento de óleo para as correias (o que o Cabelo efetivamente fazia), pois a bicicleta continuava rangendo e apontando com o guidão meio torto para aquele triste espetáculo.

Na verdade, ela capotava em legítima defesa: o Cabelo era o pior motorista de todo o globo, e isso eu só descobri agora há pouco, por experiência própria, quando ele surgiu voando entre os escombros e me colocou na garupa. O Chibo, quando andava de bicicleta, comandava o guidão sem as mãos, depois "sem os pés!" e por fim sem os dentes (plof). Mas fazia o maior sucesso, e era muito habilidoso. Já o Cabelo não tinha o menor tino para a coisa. Ele pedalava todo errado. Era um fracasso em coordenação motora. E não tinha senso de perigo, pois vestia um capacete e disparava feito um transtornado, plantação adentro, rumo à zona proibida. "As abelhas! Eu te contei um lance novo sobre as abelhas?", o Cabelo berrava e olhava pra trás, tentando escutar a minha resposta. Eu forçava a cabeça dele pra frente, ensaiava uma cara de engenheiro do tráfego, disfarçava a vontade de saber das abelhas. As manobras que ele fazia me quebravam em oito e depois em dezesseis, conforme cruzava a plantação por atalhos que não eram ruas, conforme decidia virar de repente ou gritar— "itam dez flores por minuto e elas têm seis pernas e não enxergam vermelho", decididamente empolgado, porque as abelhas roubam pólen de flores escuras, monótonas e pardacentas, e ele podia fornecer mais informações, se eu quisesse. Eu queria: "as abelhas ouvem pelas antenas e carregam o pólen nas pernas. Rapaz!", e assim chegamos à fronteira do arame, onde não havia ninguém. Acho que era domingo.

  Abandonamos a Paquiderme num estado lastimável junto à cerca. Eu tentava chegar a um número parcial de cortes e roxos só na área da perna, e lamentava que as melhores e mais crocantes cascas do joelho tivessem caído outra vez, mas o Cabelo não queria saber de mortos e feridos. Na zona proibida, a poucos passos do arame, os homens de galocha haviam largado ferramentas que nos ajudariam na demolição da casa. Uma picareta, duas marretas e um isqueiro. Igual ao que eu tinha no bolso, de metal, com a marca de uma farmácia estampada no fundo; igual ao do Cara

Morto. Puxamos as ferramentas para o nosso lado, os braços invadindo o território proibido, e enchemos a cestinha da bicicleta com as duas marretas, que eram menores. A picareta eu levaria na mão, a pé, por questões de segurança. Assim, o Cabelo me deu o capacete porque estava muito sol e eu tinha que me cobrir, e além do mais ele não precisava dos equipamentos de proteção pois era um piloto experiente, de fato, um condutor garboso, quem sou eu para negar, então montou na Paquiderme, fez uma mesura e partiu sem demora; de longe só se ouviam barulhos de catástrofe ("tudo bem! tudo sob controle!") e marretas voando no ar, um ai ocasional.

No caminho de volta para a casa da árvore, duzentos e noventa e nove, duzentos e noventa e oito, duzentos e noventa e sete, eu remava e pensava nos barquinhos. Eles tinham sumido nos destroços das tralhas, foram a pique. Agora, não atracariam mais. As luzes e os bailes, os acenos das cabines; tudo repousava quieto sob a superfície de cartolinas revoltas. Ninguém na proa, ninguém mais dançava, e no convés uma água imensa corria entre as poltronas habitadas por peixes sonolentos e musgo. Cento e vinte e três, cento e vinte e dois, cento e vinte e um. Uma vez o Bruno apareceu detrás de um pé de caqui, saltou na nossa frente, bu. Cheio de grama, ele tinha duas antenas. Dizia, com a voz metálica, que era o Musgo-Humano e que ia pegar todos nós, terráqueos. Botaria nossas barrigas no liquidificador, transformaria em clorofila o primeiro que se metesse com ele. A gente se apavorava, no duro, e o Chibo só pedia tempo quando não conseguia mais respirar. O Bruno verde corria grunhindo, arrastando uma perna, babando líquido radioativo. Mas isso faz tempo — no campo, a correnteza me carrega, oitenta e seis, oitenta e cinco, oitenta e quatro, a picareta tem o cenho enferrujado, é maior do que eu, e no quesito tamanho só não ganha dos pés de milho, que sobem tapando o sol. Cinqüenta e oito, cinqüenta e sete. O TECTECTEC da máquina tinha desaparecido, nenhum sinal dos barbudos também.

O Cabelo estacionou a Paquiderme (toda ralada), tirou as marretas da cestinha e aproveitou para desentortar o quadro, os rolamentos, trinta e um, trinta, vinte e—

Saquei do bolso o giz de cera e o pedaço de papel. Fiz anotações com letra redonda: os dotes de funileiro do Cabelo podem ser úteis. O Cabelo sabia, eu aposto, aplicar os golpes mortais, conhecia os pontos fracos das tábuas, era faixa preta. Começaríamos pela parede da porta que não existia. Oito, sete, seis. Encostei a picareta no pé da árvore, limpei o suor (ela era pesada). Olhei para o Cabelo, que tinha se empolgado e agora martelava o chão, esmagando formigas, tentando consertar irregularidades do solo. Desenhei um sistema de cordas e roldanas, e fui remexer os escombros, latas amassadas, um carrinho sem roda. Salvei um pedaço de barbante, dos grossos, amarrei na picareta e subi a escada de sisal. Lá em cima, respirei concentrado (pulmão cheio, pulmão vazio), apertei os punhos e puxei puxei puxei, com intervalos de três sílabas, com força de quatro ursos, içando a picareta. Pendurada no ar, ela subia feito um piano. Era chegada a hora. O Cabelo martelou o dedo e a Paquiderme riu. Ele subiu com as marretas, ficou esperando. Olhamos um para o outro, estávamos com medo, mas sabíamos que o verão não podia continuar daquele jeito. Não queríamos morrer empalhados, isso não. "Vai você", o Cabelo falou. "Eu não, você", e estiquei a picareta. Ela rosnou e, na mão vacilante do Cabelo, tremeu, começou a devorar a casa da árvore. O calendário caiu do prego, as tábuas se desprenderam, e isso foi tudo.

9

Chegou o tempo da colheita. Em pé, na cozinha, minha mãe olhava pela janela e falava sobre o clima, que o sol estava forte, que a Mari era louca, ficar torrando na piscina daquele jeito, reclamava que meu pai não tinha férias, que a toda hora alguém ligava e ele tinha que voltar correndo pro hospital, que as batatas estão coradas, que brócolis faz bem, que lá na ponta, perto do laguinho, as máquinas se enfileiravam. Ela olhava pela janela e eu esmagava as ervilhas com o garfo, torcendo para que uma torta viesse me salvar.

    Os homens de galocha começaram pela área do laguinho. Minha mãe falou que, mesmo de longe, dava pra ver que eram umas máquinas enormes, mais modernas do que as do outro ano. Eu imaginava um único trator, triste e solitário, entrando pelas trilhas de terra para abrir a plantação, cortá-la por dentro. Ele faria CROC ou CATAPLUSH e seria abandonado ao sol com os parafusos expostos. Minha mãe dizia que não: a colheita evoluía de maneira rápida e eficiente. *Parece que um dos caras pegou rubéola. O outro veio aqui em casa pedir pomada para queimadura, eu falei pro seu pai, eles ficam aí de regata nesse solão e depois vêm bater aqui para comer torta e pedir Calmapele. Todo ano é assim. Sujam a cozinha inteira com aquelas botas imundas.* Os homens vestiam uniformes e comandavam as máquinas, de vez em quando se abrigavam na sombra (ela não falou nada sobre o rádio de pilhas), e eu mordia um talo de brócolis fazendo careta.

    Depois que a casa da árvore caiu, eu passei a noite acordado. De manhã, comi uns restos de pão e fiquei esperando, sentado no sofá, mudando de canal, mas o Chibo não apareceu. Em um movimento rápido, devolvi três legumes (dos verdes) para a panela enquanto minha mãe se abaixava para recolher as sementes de abóbora caídas no chão, e perguntei pela torta. Só tinha carne de soja. *Duas colheres tá bom?*, ela perguntou, sem olhar pra mim. A carne tinha gosto de pão, e o arroz tinha gosto de pão. O ar tinha gosto de pão. Até o refresco tinha gosto de pão — só o pão é que parecia ki-suco. Fiquei brincando com a carne enquanto minha mãe despejava no prato um alqueire de espinafre cozido. Ela dizia que eu precisava me alimentar melhor e sair para brincar com "aquele seu amigo gordinho, do cabelo engraçado". *Ele esteve aqui ontem e anteontem, perguntou por você. Eu disse que você não estava, porque não te encontrei.*

    Aqueles dias eu passei embaixo da cama, escondido. Via as pernas da mãe, a voz do Cabelo e (raramente) os sapatos do pai. Às vezes saía pelos corredores, subia e descia os degraus da escada, depressa, tentando envelhecer. A mãe quase sempre estava cuidando da horta ou do jardim, o pai, quando não tinha que sair às pressas (alguém com doença nas coronárias, ou problemas abdominais a esclarecer), passava as tardes na poltrona de palha da varanda, lendo o jornal e se comportando como uma lagarta. Nunca mais fizemos juntos as palavras cruzadas. A Mari não estava nem aí, vivia na piscina, se bronzeando. Eu não gostava da minha irmã, ela era tão diferente do Chibo que às vezes eu tinha vontade de bater nela. Ela passou com o pneu da bicicleta no meu pé uma vez e mesmo assim não falou comigo, só fica assim, parada, os óculos escuros, estirada numa toalha, o rosto escondido entre os cotovelos, tomando sol nos rins. Mas quando está no telefone, fala demais. Precisa contar tudo, como se não tivesse a menor graça se não contasse, repete mil vezes a mesma história. E quanto mais fala, mais muda fica, começa a não fazer sentido. O contrário de ficar mudo é ficar mudo — quando se fala demais. A Mari morria de tédio na casa de férias. Eu e o Chibo costumávamos sair à cata de algum sapo para jogar nela, sempre. Mas dessa vez não, dessa vez o Chibo foi embora e faz dias que o Bruno também não aparece, os dois adultos demais, limpos demais, e desde que derrubamos a casa da árvore não tenho coragem de voltar para a plantação. Os homens de galocha vão destruir tudo, mas não vamos estar lá para roubar as ferramentas, atirar pedras nos tratores e encher de terra as luvas de borracha quando ninguém estivesse vendo. E dessa vez, eu aposto, o Chibo e o Bruno ficariam do lado deles. Lá de fora, minha mãe gritou: *já escovou os dentes?* Ela estava na horta, entre mudas e sementes, arrancando as pobres verduras, escolhendo o nosso jantar. Marchei até o banheiro, subi no banquinho e olhei uma casca de ferida perto do queixo. Peguei a pasta, mas em vez de escovar os dentes, resolvi investigar o quarto do Chibo, que estava vazio.

No verão passado, ele decidira se mudar para o porão. Queria morar sozinho, disse. Arrastou o colchão que ficava na parte de cima do nosso beliche, levou embora os discos, a vitrola, deixou pra mim os tênis que não serviam mais e pediu ajuda. No porão, a gente virou quatro noites enchendo sacos de lixo, passando panos com creolina, matando monstros com um sapato, separando as tralhas que iriam para a casa na árvore e o que ficaria como mobília na nova residência. Este é o segundo verão que passo sozinho no quarto que era nosso, enquanto lá embaixo o meu irmão ouve discos antigos e cultiva sua horta de cogumelos no tapete de limo. A nova suíte do Chibo não tem janelas. Caibros se escoram na parede úmida e as visitas têm que se abaixar para cumprimentar o anfitrião. Eu sou o único que consegue ficar em pé sem bater a cabeça. Naquela tarde, desci ao porão sem pedir permissão e fiz um reconhecimento rápido do local, onde eu só podia entrar às quartas-feiras mediante o pagamento de uma taxa simbólica (ou uma fita de videogame).

Dentro de uma gaveta solta, no meio do porão, o Chibo havia guardado dois isqueiros iguais ao que a gente tinha encontrado. E mais: um soldadinho derretido, três pacotes de balas de goma (sem o anel dentro) e um martelo. Também achei uma folha com esboços de um minirreator nuclear (a lápis) e algumas capas de discos velhos que agora ocupavam todo o chão, em pilhas. Havia alguns livros de ficção científica e de mistério com anotações nas bordas. No verão passado, o Chibo passou uma semana inteira sem sair do porão por causa de um deles: sobre um planeta feito de água que emitia raios dominadores da mente. Os astronautas moravam na estação espacial e eram subjugados pelo poder do planeta. Quando enfim terminou o livro, o Chibo saiu do quarto e contou pra gente cada detalhe, igualzinho à Mari. Levou tipo duas horas e, no final, a gente discutiu feio. Eu perguntei ao Chibo se eu podia ir junto para a estação espacial, caso ele fosse astronauta, e ele disse que não, porque era perigoso. Mas eu gritei que fazia questão. Ele respondeu que me abandonaria, então, porque essas coisas de espaço são perigosas — o meu irmão que manipula as estrelas —, e ficamos de mal. Depois o Chibo me deu o livro, mas até hoje eu não li, porque é comprido demais e logo no primeiro parágrafo eu contei cinco encontros consonantais.

 Me atirei no colchão, uma nuvem de pó subiu, e fiquei olhando em volta, em silêncio como se uma onda gigante tivesse me engolido. Havia dedos e mãos na poeira dos discos, na tampa da vitrola. Apodrecido, um remo decorava a parede na frente da cama. O pai tinha construído um barco e o remo pra gente, faz tempo. Eu ficava no leme, mas errava tudo, e o Chibo me chamava de capitão: o contravento, capitão!, e puxávamos o guarda-sol, nossa vela, com toda força. O mais difícil era atracar. O Chibo tentava me ensinar, mas minha mão era a menor, as cordas escapavam e o barco entortava, sempre. Ainda mais quando o Bruno ficava na beira do laguinho, torcendo contra. Eu começava a suar gelado (força, capitão!) e o vento me traía, as nuvens pendiam escuras, chegavam com as náuseas, o frio, a testa úmida, um breu de tentáculos, peixes, arraias sangrentas. Acabávamos na água, o Chibo e eu. Depois, ele me puxava até a margem, o Bruno ria e eu mordia o choro e me trancava na casa da árvore, com os barquinhos pintados de azul, a tinta descascada.

 Do lado de fora do quarto, na escada, ouvi um barulho de passos. Tentei me esconder (prendi a respiração), mas a porta rangeu e foi mais rápida. A Mari entrou e quis logo saber o que eu fazia ali. *Que eu saiba esse é o quarto do Chibo e ele não deixou você entrar.* A Mari é alta, usa franja e estava de mangas curtas, com a tatuagem do braço à mostra, um dragão colorido que me dava medo. *Vim pegar uns discos*, ela disse. *Quando o Chibo chegar, vou contar pra ele que você esteve aqui e que mexeu em tudo.*

Eu peguei soluço, e compraria uma passagem só de ida para a Bulgária. Não queria mais o verão, porque perdeu a graça. Afundado no colchão, enroscado numa vontade de sumir, tentando escapar, senti nos olhos uma nuvem suja e amassada me esmagando, me puxando para o fundo, para um lugar que eu não conhecia. A Mari vasculhava os discos, turva, e escorreu — a primeira lágrima me cobriu o rosto, depois outra e outra — até virar um borrão. *Mari*, eu disse com uma voz de chuva no telhado, ofegante, tentando engolir aquilo que subia pela garganta e que eu não sabia o que era, *por que o Chibo não fica mais com a gente, na plantação?* Ela se virou e olhou pra mim como se eu tivesse saído de um planeta verde, de algum livro ruim de ficção científica.

A zona proibida estava logo ali, perto, dentro.

Começava antes da estrada, e seus espaços cobertos de mato, suas esquinas e corredores vazios eram praticamente os mesmos da plantação. Trezentos passos ao sul da árvore toda vermelha, o Bruno dizia, e lá está. Uma terra onde os homens andam de galochas e as vacas têm corcovas nas costas. Onde os amigos somem e os irmãos se mudam para quartos escuros. É de lá que vêm as formigas trazendo as coisas que não são nossas. E é lá que o milharal cresce oito palmos por vez, e tampa o céu e faz tombar as espigas.

O Chibo não percebeu quando as coisas de lá se misturaram com as daqui, e nem quando ele passou pro outro lado. Agora o meu irmão e o Bruno tratavam de negócios só deles, imensamente compenetrados, enquanto a Mari procurava um disco amarelo, grande assim, com um homem de chapéu na capa, sabe? *Um cabeludo, tocando guitarra.* Eu apontei, mudo, para a gaveta largada no chão, que revelava a borda de um LP. A Mari me encarou, pegou o disco e subiu correndo. Ouvi os passos dela no teto e a minha mãe reclamando *o almoço já esfriou, aonde você vai com tanta pressa?*, pedindo a ela que tomasse cuidado com as máquinas lá fora e suspirando, irritada.

Num instante, tudo voltou ao silêncio, o remo, a vitrola, o tapete. No colchão, eu mordia o soluço e tentava não engasgar. Meu olhar, vazio, passeava pelo quarto e acabou por descobrir, entre as pilhas de discos, um dublê do General Grão-Palito, largado de ponta-cabeça, preso entre um disco sem capa e uma capa sem disco. Apanhei a escultura de palitos e senti a maior falta do Cabelo. Passei um tempo olhando pra ela. Havia coisas que eu não fazia questão de saber, por exemplo, será que o Cabelo desmontou com um sopro o verdadeiro Grão-Palito ou tinha contratado para a ocasião um dublê do velho comandante? E qual seria o original: este ou o que foi soprado? Ou talvez o meu irmão é que tivesse construído um Grão-Palito II, revivido o boneco das cinzas, em um dia feio de um mês-pó. De qualquer jeito era uma coisa bonita de se encontrar, e pra mim estava bom; eu não precisava entender tudo. Guardei o boneco no bolso e deixei o meu isqueiro na pilha de discos. Decidi que não prestava. No canto do quarto, os caibros escondiam bichos mortos e uma caixa de papelão, onde encontrei, amassados, uma camiseta regata, um rolo de papel higiênico, uma confusão de livros, documentos e fotos. No fundo da caixa, achei minha trave de plástico para jogar botão, que o Chibo tinha surrupiado anos atrás e dizia que não foi ele. Passei esse tempo todo fazendo golzinho com os dedos, ou então usando sapatos no lugar das traves. Eu podia apostar que a bolinha também estava lá. Remexi uma porção de teias e um chapéu (que experimentei), joguei pra trás um talão de cheques de mentira, um rádio de pilhas e enfim cheguei à bolinha de feltro, pouco maior que uma ervilha.

Eu até queria que o Chibo aparecesse para tirar satisfações. Porque agora eu teria que jogar botão sozinho, tlec, tlec, o que não tinha a menor graça. Subi para a sala com a trave e a bolinha. A sala era, como em todas as casas da vizinhança de férias, uma grande janela olhando a piscina — azul, com trampolim e uma explosão de água. Parei, indeciso, dei uns passos curtos: precisava de uma superfície lisa, grande, mas o chão era de tacos, e havia os tapetes, e as mesas, e as cadeiras de palha. Na varanda, o jornal seguia sozinho, aberto sobre a poltrona. Algum pulmão estragado deve ter feito meu pai voltar à cidade, ao branco dos curativos com gosto de pão. Foi assim o verão todo. Ele vinha, ficava com a gente uns dias, depois ia embora. Minha irmã havia saído também, talvez estivesse com as amigas, falando e falando, contando sobre o disco antigo da capa amarela que era uma raridade, edição de colecionador, autografado, e que só ela tinha, o que a tornava uma pessoa bacana, realmente especial, quem sou eu para discutir. Na espreguiçadeira, e com um sorriso de geléia, minha mãe lia um livro (sobre a importância da felicidade para uma vida feliz). Coloquei a bolinha no centro do campo — a linha divisória de uma lajota vermelha da varanda — e o árbitro apitou. Eu não sabia onde estavam os botões, muito provável que tivessem sido destruídos junto com a casa da árvore, por isso agora eu empurrava a bolinha de feltro com o indicador. Carregava pela ponta, driblava um, dois, três adversários (pedrinhas) e me preparava para o chute quando o telefone tocou. O jogo foi paralisado, o auxiliar levantou a bandeira e apontou o impedimento. *Era o seu pai*, minha mãe disse e ficou estranha, quieta, depois falou que ia fazer suco de beterraba pra todo mundo, e ai daquele que não tomasse. Ignorando o juiz, mirei e chutei com a parte de fora do dedo, a bola subiu, fez uma curva espetacular e saiu pela linha de fundo. Na cozinha, minha mãe batia panelas. Eu também poderia começar a bater panelas, à noite, na porta do quarto do Chibo, na escadinha do porão. Faria uma passeata reivindicando traves de plástico maiores e bolinhas teleguiadas. Nesse exato momento a Mari surgiu no degrau, passou por mim e quase pisou no golzinho. Ela entrou e ouvi a mãe gritar com ela. As vozes chegavam baixas, feito um céu escurecido, balançando e afundando, não dava para entender; a Mari gritou de volta e eu empurrava a bolinha pelo campo vazio, sem vontade, deitado na lajota fria. Elas estavam brigando, minha mãe e a Mari.

    Mesmo sob os berros da torcida e aos gritos de *Eu já sou adulta!*, que vinham da cozinha, o glorioso time do Olaria resolveu disparar no ataque. O craque Tampinha já havia driblado toda a defesa adversária, um amontoado de pedras com cara de pedras, e imaginava sua consagração como herói nacional. Ele fazia tabela consigo mesmo (na quina da parede), matava no peito do dedão, ensaiava uma ginga marota e chutava de bico para o gol. Na traaaaaave, sussurrava o locutor, que era fã do grande Olaria de 66, mas não sabia nada sobre a nova formação do time: no ataque, Tampinha, Biro-Biro e Ataliba; na defesa, Tampinha, Zizinho e Clodoaldo; no gol, Tampinha e a mãe do Tampinha, que gritava *Vocês só me dão desgooosto*. O Tampinha tinha as pernas um pouco tortas e um band-aid no indicador, o que apenas garantia maior aderência aos chutes. Ele se concentrava antes de sair chutando e não provocava ninguém; o Tampinha era um gentleman dos gramados. A cada dividida, ele voava por baixo das pernas do rival ou saltava por cima dos carrinhos, sem se machucar. O Tampinha jogava calado e não dava entrevistas para as redes de tevê. Nos tiros de meta, interceptava a bolinha de feltro no meio-campo e saía driblando, minhanossasenhora, que habilidade, e de fato os outros atletas nem chegavam a tocar na bola. O Tampinha recusava as propostas milionárias para jogar em times do exterior porque o seu coraçãozinho era todo Olaria. Com a camisa azul e branca, o artilheiro dava uns chutões pra cima e pegava a bola no alto. Driblava um, driblava dois, driblava gêmeos e — minhanossasenhora, o gol está limpo! agora é só chutar e correr pro abraço! — quando o locutor estava prestes a comparar aquele time ao Olaria de 66 e anunciar o gol, um par de galochas atravessou o campo e o chute do Tampinha saiu torto, voou feito um pião.

Era um homem barbudo de topete e bochechas, que foi entrando sem cerimônia pela varanda. A torcida parou de gritar e a Mari saiu correndo para o quarto (*Eu te odeeeio*). O Tambor marchava decidido, subiu o degrau e chamou *Ô de casa*! Sem perceber, pisou na bolinha, esmagando-a com a bota imunda, e isso não estava no roteiro, achatar a bolinha de feltro e acabar com o jogo dos outros, então o juiz ficou parado sem saber o que fazer, esperando que o auxiliar apontasse a marca do pênalti ou dançasse o chachachá (coisa que não aconteceu). Minha mãe veio da cozinha, a frigideira na mão direita, a colher de pau na esquerda. Porque a luta seria dura. De um lado, de avental cor-de-espinafre e cara de poucos amigos, a minha mãe; do outro, de galochas e ombros tostados, o Tambor. De perto, ele não era nada assustador. Parecia fracote até.

Me ajeitei na platéia, e a minha mãe estava brava — primeiro o telefonema do meu pai, depois a Mari gritando feito uma gralha —, ela acabaria com o Tambor, vingaria a bolinha, que tinha virado panqueca sob a galocha do barbudo ensebado. Isso não podia ficar assim. Perdemos a bolinha, os dribles do Tampinha, todo um verão e o que ganhamos em troca? Um par de botas azuis, um grandão todo molengo, vermelho, queimado e enxerido.

Com a barriga na lajota, ouvi o gongo soar. Os adversários se estudaram por alguns instantes e quando pensei que a minha mãe fosse dar o primeiro jab (de esquerda), o Tambor pediu Calmapele e perguntou se podia usar a mangueira do jardim. Desde a conquista do cinturão dos médios pesados pelo Red Bad Olaf, ninguém nunca jogou tão baixo. Para surpresa geral, minha mãe baixou a guarda — simpática, um pouco triste, e disse que sim. Falou também que a carne de soja do almoço estava uma delícia e que se ele quisesse ela poderia colocar junto com o arroz integral em um recipiente plástico, bem-acondicionado, fácil de carregar, e ainda ofereceu um copo de água. O Tambor aceitou, descalçou as botas e sumiu sala adentro, seguindo a minha mãe. O ginásio ficou de pé (atirando batatas e xingando o juiz). A decepção eram milhares de quilômetros numa varanda que crescia, afastando-me da trave de plástico, da casa de férias, do verão. Estava numa planície vermelha de pó, eu e aquelas botas sujas; não conseguia enxergar mais nada.

E o Tampinha resolveu marcar um gol contra. Já que o boxe não tinha futuro por essas bandas (convenhamos, minha mãe era a mulherzinha dos meios-médios ligeiros), o Tampinha decidiu recuperar a bola amassada e correr em direção ao campo do Olaria. A platéia toda se levantou. Com a pelota nos pés, driblou o Ataliba, o Zizinho, chapelou uma bota e abriu caminho por entre as pedras. Agora restavam só ele e o goleiro. No ataque, o glorioso Tampinha. No gol, o assustado Tampinha, que berrava "pro outro lado! pro outro lado!". O craque se preparou para o chute e pensou em dedicar o gol contra ao King Truman. (Gol contra vale três pontos, disse o Chibo uma vez.) Sob os apupos do locutor, chutou na trave e a bolinha voltou para o meio-campo, onde a lajota era mais fria e dava pra ouvir o barulho da cozinha. (Gol contra é mais difícil, ele completava.)

Eu imaginava o Tambor todo educadinho, guardanapo no colo, a falar do clima, dos salários baixos, e a relembrar os bons tempos das laranjas, que são lâmpadas. Ele se esforçaria para usar encontros consonantais e conjugar os verbos na flexão correta. Minha mãe ouviria com atenção a história do Velho Cinza e choraria de mansinho na parte em que ele vai embora, colocando mais espinafre no prato. *Mas que baita história triste, meu Deus.* Ao lacrar o pote com a comida extra, ela falaria do meu pai, que também não voltava pra casa há dias, da Mari, que andava impossível, e do Chibo, *aquele menino que às vezes anda com vocês*. O visitante tomaria cuidado para não derrubar nenhum grão de arroz no colo, elogiaria a comida e consolaria a minha mãe com palavras de ânimo.

Olhando para as botas largadas na varanda, pensei que, àquela altura, o homem devia estar encabulado com o próprio chulé. Pois aquelas galochas fediam pra burro. O craque Tampinha até tentava fazer tabela com elas, mas sabia que eram frouxas e imprestáveis. No entanto, puxa vida, como eram garbosas. Mesmo sob uma crosta de lama, dava pra ver que reluziam. Eram bem azuis, imponentes e acolchoadas. Um banho de mangueira devia deixá-las nos trinques. Mas o juiz apitou; convoquei a defesa do adversário e juntei todo o escrete de pedrinhas em frente ao gol do Olaria para uma reunião de emergência. O árbitro informou: o barbudo de galochas amassou a bolinha na pequena área, isso sim, e o bandeirinha apontou para a marca de penalidade máxima. O atleta de nome Tampinha vai bater o pênalti e todos vocês terão que ficar quinze passos atrás. Se quiserem, podem se abrigar nas botas. Um por um, fui colocando o time rival dentro das galochas. Uma camada de pedrinhas, outra de terra, que é para ficar bem firme. Eu fazia o serviço com todo o cuidado que só os grandes homens inspiram, e cantava "Eu Sou um Bolinho de Arroz" no ritmo do hino do Olaria. Quando as galochas já estavam com pedra até as bordas, o Tampinha se preparou para cobrar o pênalti. Tomou distância, acenou para a torcida. Na verdade, ele não fazia idéia se estava cobrando um pênalti para o glorioso Olaria ou para o time adversário. Porque a gente não percebe quando as coisas de lá se misturam com as de cá nem quando a gente passa pro outro lado (veio um arrepio). Mas o Tampinha não era dessas coisas, bateu com as chuteiras no chão para se concentrar melhor, deu uns passos pra trás, esperou o apito. No gramado, a Mari pulou da janela e fugiu correndo. Levava uma pilha de discos e uma mochila com roupas, mas o Tampinha não se deixava abalar. Finalmente, o juiz assoprou e o Tampinha disparou em direção à bola.

Um a zero para o Olaria.

10

No dia seguinte, de manhã bem cedo, desci até o porão: respirei fundo e toc toc toc. O Chibo, lá dentro, resmungou alguma coisa que eu não entendi; tinha uma voz amassada que não era a dele. Eu disse que estava com a bolinha de feltro, e que se ele quisesse a gente podia apostar corrida: *Você quer apostar corrida?* — e encostei a orelha na porta, esperando a resposta. Ele grunhiu de volta, com a mesma voz estranha. Uma voz monótona, nem fraca nem forte. *Se precisar, o isqueiro do Cara Morto está aí, em cima dos discos,* falei, e só. O Chibo engrunholou de novo. Ora. Essa brincadeira de voz de planta não tinha a menor graça; então decidi que se o verão acabasse hoje, eu assistiria um filme estrangeiro e dublaria as falas do meu jeito. O Chibo teria a voz do Chibo, e o Bruno a do Bruno. Só a Mari é que seria dublada por uma gralha, e o Cabelo que falaria por mim e vice-versa.

Subi correndo as escadas, tentando envelhecer. Peguei um pedaço de pão, toda a munição de balas de goma e o anel, me despedi das tampinhas de garrafa pet, sem chorar, e enquanto minha mãe comia granola, rastejei até a porta. Estava de novo na rua — de um lado, um muro enorme, coberto de plantas, último resquício de civilização; de outro, ao longe, quadrados de lavoura, formando um desenho alienígena (segundo o Cabelo). A casa do

Cabelo ficava a duas quadras da minha, e era pra lá que eu ia agora.

 Seguindo o acostamento da estrada de terra, eu andava rápido e decidido, sem me importar com os problemas do mundo: a rainha, o Cara Morto, os derivados da soja, os homens de galocha, tudo isso era bolinho diante da vitória do Olaria. Assim que o Cabelo recebesse a notícia, as coisas iriam melhorar. (Ele não precisava saber que o juiz roubou, que o gol foi de pênalti e que os adversários estavam embotados na linha lateral, sem poder voltar para o jogo. Eu, pelo menos, não iria contar.) Quem sabe o verão voltaria ao normal.

 Enquanto isso, o sol fritava as espigas e eu tentava imitar o jeito de andar de um fora-da-lei sem pátria, sem rumo e sem família, em um filme do Velho Oeste. Empolgado, acabei mastigando quase todas as balas de goma (uma lesma, um sapinho, um comanche) e sobraram umas poucas amarelas, gosmentas, derretidas pelo sol. Era impossível saber que formato tinham antes. Me lembravam os penteados da rainha da Bulgária, uns muito parecidos com panquecas, outros com árvores. Já havia vencido a primeira quadra quando percebi que tinha comido doce demais, e pressenti uma dor de barriga. Parei para me recompor. O diabo da casa do Cabelo era longe demais (para quem sofria do estômago), e toda e qualquer promessa de água tinha ficado pra trás. Sentei num monte de terra, apanhei a embalagem e conferi a composição das balas, que eram realmente nojentas: corante goma-laca, estabilizante amarelo-fumaça, glutamato monossódico e látex. Que tipo de herói eu era? Arrumei o chapéu, limpei a cara:

eu não passava de um forasteiro com dor de barriga, um forasteiro sem nome em uma terra de ninguém. Olhei o sol, franzi o rosto e pensei no Olaria. Era a nossa primeira vitória desde que o Bruno falou do Cara Morto e decidiu ir atrás dele, em vão. Desde o dia em que o Chibo ficou no carro, e parou de falar comigo e de brincar com a gente — mas é como se faltasse um pedaço, como se eu tivesse que ir ao banheiro no meio da sessão e na volta nada mais fizesse sentido. Você já deve ter visto esse filme, Chibo. Por que não me conta? Tá bom, não precisa repetir: eu entendo tudo errado — o Cara Morto é uma ferida de joelho que se descola quando a gente mexe muito nela, é uma pessoa triste que mudou de quarto e agora fala com uma voz sem graça. Se o filme está chato, eu invento tramas melhores, eu sei, eu sei. Mas isso não é motivo para me abandonar assim, no meio da sala escura, com dor de barriga. Pelos portões de madeira, vejo as piscinas esquecidas: a solitária vizinhança de férias. Ninguém. Os bancos de pedra, as estátuas. As fontes sem água. Nosso filme se passa numa cidade fantasma, Chibo, onde tudo secou. Há anos, séculos, quatrocentos meses-pó, setecentos meses-palha, os habitantes abandonaram as casas, tragaram a última neblina e fugiram levando os cavalos. A Mari pulou a janela e desapareceu, nossos pais brigaram: ele passa o tempo todo longe, arrancando apêndices, abrindo e fechando pulmões, extraindo balas perdidas (das vermelhas, de goma) e sisos de ouro; minha mãe, por sua vez, não sabe onde pôr as mãos, faz suco de beterraba a cada cinco minutos, tem um sorriso nervoso, de assoalho rangendo, e parece um bicho empalhado: a gente quase nunca conversa.

Ela é um fantasma. Você é um fantasma, Chibo. O Bruno também.

    Da esquina, já conseguia ver a residência dos Cabelo, a mãe do Cabelo cantando ópera enquanto cuidava do jardim, o filho pesquisando sobre as abelhas em enciclopédias do século passado. A mãe do Cabelo gostava de pintar e, mais do que tudo, adorava cantores de ópera. Ela me tirava para dançar quando eu tocava a campainha, e explicava que aquela canção era uma serenata para uma mula, toda em dó maior, e gritava gritava gritava e eu tinha vergonha de interromper. (Ela é gorda e dança bem.) Mas desta vez eu precisaria correr para o banheiro. Comecei a andar mais rápido. O sol cozinhava a minha barriga e o estabilizante polissacarídeo me corroía por dentro. Bala de goma dá energia, disse um dia a mãe do Cabelo, que me lembrava a rainha da Bulgária.

    Já no portão baixo, ouvia os primeiros acordes da Serenata da Mula.

    Parei um instante para amarrar os cadarços, tomei fôlego e toquei a campainha. A mãe do Cabelo abriu a porta e me puxou pra dentro, rápida, sem que eu tivesse tempo de dizer nada. Quando me dei conta, estava no jardim, em frente a uma tela enorme. A mãe do Cabelo tinha um pingo de azul bem na ponta do nariz (um nariz grande, decadente, extraordinariamente búlgaro), mas achei melhor deixar pra lá. Num gesto brusco, ela fez cair o pano, do tamanho de um lençol, e *voilà*! A mãe do Cabelo olhava para o quadro, olhava para mim, olhava para o quadro: uma confusão de cores espalhadas umas sobre as outras, quentes, frias, uma multidão de linhas bizarras, verde-veronese, azul-galocha, amarelo-berrante. Minha dor de barriga voltou, com força. Ela pigarreou: *Fui eu que fiz*, e perguntou o que eu achava. Eu seguia quieto, aos pés daquele emaranhado de luzes, contornos vulgares, vermelho-caqui, verde-plantação — aquilo esmagava tudo pela frente. Então eu falei, *Tem tinta no seu nariz*, foi o que eu disse, e só. Ela me olhou, tentou enxergar o azul, mas acabou errando o nariz e limpando as bochechas. Aproveitei a distração e saí para o banheiro, às pressas, tropeçando, esbarrando nos cavaletes.

    O quadro ficaria ótimo no porão do Chibo, no lugar do remo. Não, acho que na parede dos caibros, pra esconder os caibros, isso. Ou boiando na piscina, de barriga pra baixo. Senhoras e senhores, quem dá mais?, o Cabelo gritaria, martelo na mão. O prestígio da assinatura ("mãe do Cabelo") sem dúvida faria o quadro atingir os lances mais altos. Ele podia se chamar *Carne de Soja* ou *Verão VI*. Em cima da pia, no lugar da janela, ele substituiria os tratores enfileirados. Amarelo-milho, laranja-lâmpada, outono-Olaria.

    Quando voltei do banheiro, aliviado, a mãe do Cabelo disse que ia pintar um retrato da gente. Pediu que eu ficasse ao lado do Cabelo, que estava sentadinho e com o nariz escorrendo. Um quadro dos dois últimos samurais (realista, cru), de tudo o que restou de verão e plantação. Como de hábito, ela recolocou a agulha na primeira faixa de um LP de ópera. Eu sentei, juntei as mãos no colo e fiz minha melhor cara de internato suíço. A mãe do Cabelo, o nariz azul, dava pinceladas vigorosas e estudava os nossos queixos. Era mesmo engraçada. Uma mulher de rosto redondo e cabelos vermelhos que sempre estava animada, e não só deixava a gente cavar buracos no meio da sala como nos ajudava com as marretas. Todas as férias, a mãe do Cabelo dava aulas de educação artística para o Bruno. Tentei ensaiar uma pergunta, porque era assim que eu fazia: ensaiava tudo antes de falar, mas ela me interrompeu. Me cortou no meio do pensamento, antes que eu pudesse dizer:

A senhora viu o Bruno?
Ah!, e o Bruno?
Tudo bem com o Bruno?
Eu queria saber... sobre o Bruno?

Mas não pude arriscar nenhuma das perguntas, porque a mãe do Cabelo — que até então estava concentrada unicamente nas tintas — largou o pincel de repente e levou à cabeça as mãos imundas de azul. *Santo Deus, você quer comer algo? Está com sede? Acho que tenho umas gomas por aqui*, e revirou os bolsos. Eu disse um não-obrigado de colégio militar e achei estranho. Por algum motivo, a mãe do Cabelo agora se empenhava em me animar fazendo perguntas sobre o verão, a casa na árvore, o besouro Bob. Mesmo que recebesse apenas respostas tristes e más notícias.

Ela disse que no ano que vem ajudaria a reconstruir a casa na árvore ("com paredes acolchoadas!", disse), e daria pra gente um artrópode campeão. A mãe do Cabelo queria me agradar. Não estava funcionando. Então ela me despenteou com carinho e botou um chapéu no filho. Arrastou a lata de tinta e tratou de pintar um fundo amarelo — sua cor preferida. Tanto que encomendava baldes e baldes direto da fábrica. Para me distrair, ela perguntou se eu gostava de milho (*o homem de galochas trouxe hoje cedo*), se eu sabia subir em árvore, se eu jogava futebol e como estava o Olaria no campeonato. Rapaz, a mãe do Cabelo estava por dentro. Foi quando me lembrei da notícia que trazia nos bolsos; virei pro Cabelo, sob protestos da mãe dele (que estudava o contorno do meu nariz), ergui a voz e anunciei a vitória heróica do nosso time. Um a zero para o Olaria, depois de um jejum de títulos do tamanho de um inverno búlgaro. Gol do Tampinha. O Cabelo não reagiu e me mandou olhar lá fora, quando eu disse que o verão iria voltar a ser bom.

Pedi permissão para sair do banquinho e fui até os fundos do jardim, que dava para a entrada da plantação. De cima de uma cadeira, olhei para fora. Tudo estava arrasado. Os homens de galocha não só haviam dizimado o campo e colhido as espigas como também passaram com um trator por cima e sabe-se lá mais o quê — de repente pisotearam as plantas por puro despeito. Até onde a vista alcançava, a plantação era uma terra desolada. Os poucos pés que ainda se sustentavam eram ocos esqueletos que rachavam de tão secos. O verão tinha chegado ao fim. Só restavam duas dúzias de espigas podres e um isqueiro vazio. Eles venceram, pensei, e voltou o soluço. E voltou a dor de barriga.

Essa ausência de todo mundo (e a presença do Cara Morto) me dobrou os joelhos.

Passei o resto da tarde em silêncio, sentado no banco com o Cabelo. Mãe e filho não paravam de falar. Os assuntos se misturavam — as abelhas, as tintas, uma regata de basquete, os reis e rainhas da nobreza búlgara —, pois nenhum dos dois fazia menção de escutar o outro. O impressionante é que eles pareciam estar se entendendo. De vez em quando, gargalhavam ao mesmo tempo ou trocavam olhares. O Cabelo emendava uma frase na outra, pois não queria demonstrar tristeza e nem dor de barriga. Algumas horas se passaram e a noite chegou. Sem os pés de milho lá fora, o ar que entrava pelas janelas era empoeirado, com gosto de pão. Alguns vizinhos nossos já tinham esvaziado as piscinas e ido embora. Sentado ao lado do Cabelo, decidi que iria jantar ali, porque a) eu me recusava a comer pudim de tofu e b) eu não queria voltar pra casa agora. Minha mãe estaria fazendo as malas sozinha, rasgando coisas do meu pai, lendo um manual de hipnose e enchendo a cara de sucrilhos. Eu não estava pronto para isso.

A mãe do Cabelo disse que não sabia cozinhar direito, mas que fazia um ovo frito (com cinco gemas) de derrubar qualquer cristão. *A gente pode botar milho e ver se fica bom*, ela comentou, sem tirar os olhos da tela. Estava no fim. Só faltava o chapéu.

A essa altura, quando o tenor já estava rouco de cantar para a mula, o Cabelo encontrou no bolso um lote velho de balas de goma e eu sugeri que mascássemos feito loucos, para não pensar em mais nada. Eu estava mesmo passando mal da barriga, e sabia que em breve minha mãe me obrigaria a fazer uma dieta de desintoxicação — chá verde, água sanitária, frutinhas silvestres e sementes de gergelim. Portanto, eu não tinha nada a perder. O Cabelo engolia o pacote inteiro de balas e continuava falando. Eu juntava uma camada de goma no céu da boca e soluçava até me cansar. No ritmo da ópera.

Finalmente, a mãe do Cabelo terminou a pintura. Deu uns passos pra trás, olhou o resultado. Nós continuamos no banco, do lado de cá, dilacerando furiosamente sapinhos, corações e sustenidos de açúcar. Por fim, ela virou o quadro para nós, com um sorriso sincero. Sob a muralha de tinta — o branco, o azul, o marrom; depois o preto, seguido do verde-besouro, amarelo e azul; um chapéu pontudo, cabeças de ave, de caveira, sereias e piratas — éramos duas manchas. Confusas. Quase indistintas. Não dava pra saber onde terminava um e começava o outro. O Cabelo calculava, com as bochechas entupidas, quantas balas de goma cabiam numa boca, e eu prestava atenção no azul — você falou, Chibo, que daria pra enxergar o mar (se eu quisesse). Acho que aquele era o único quadro possível, o Cabelo e eu, misturados, boiando no azul. O vento tinha mudado, e com movimentos giratórios o céu pendia roxo-gaivota, branco-acinzentado, nenhuma luz, nem dos barcos, nada, a mãe do Cabelo olhou pra cima e os pingos desabaram, borrando tudo; ela se apressou em cobrir a tela, gritando, *pra dentro!*, *pra dentro!*, e entramos em disparada, nos protegendo da chuva.

Quando ficou pronto, o ovo parecia o nosso retrato — viscoso e indistinto. A mãe do Cabelo resolveu fritar inúmeras gemas em uma frigideira só e, por isso, quando tirou do fogo teve que cortar em fatias um grande e único ovo frito, que distribuiu em três pratos. Sentado à mesa, o Cabelo escondia palitos nos bolsos. Eu olhava para os pés de milho rendados que formavam as bordas da toalha, tentando ignorar uma cesta no canto da cozinha com dez espigas frescas que eu não ousava tocar.

A mãe do Cabelo já tinha empacotado os talheres, e por isso acabamos usando colherinhas de café. Debruçado sobre o prato, o filho prestava atenção na comida e reclamava que tudo tinha gosto de goma. Eu comia sem parar, pois não tinha nada a dizer. Ovo frito era mais gostoso que semente de abóbora. Parecia pipoca.

Meu irmão fazia pipoca na casa da árvore. Depois do café (suco de tomate e pão preto), a gente roubava umas espigas de casa e fugia correndo para acender a fogueira. O Cabelo trazia o óleo e a panela de teflão. Determinado, meu irmão jogava os grãos de milho lá dentro e se jogava sobre a tampa. A gente esperava em silêncio com as mãos cheias de sal. Poc. Popoc. O Chibo adorava os primeiros estouros e falava sobre a responsabilidade de se lidar com o milho enfurecido. Ele tinha um método especial de saber quando a maioria dos grãos tinha estourado, que consistia em esperar um silêncio de quatro segundos e tirar do fogo. Poc poc popoc. O Chibo me apresentou a pipoca, a bala de goma e a gordura em suas formas mais gloriosas. Minha mãe não sabia. Eu voltava para almoçar sem apetite e com as roupas cheirando a fritura, mas ela nunca perguntou nada. A gente fazia um tonel de pipoca. Poc poc poc popopopoc. Enquanto o Cabelo salivava, o Chibo não parava de contar um-dois-Poc, um-dois-Poc, um-poc-poc, u-Poc, sentado em cima da tampa para não explodir. Um-dois-Poc, um-dois-três-quatro (pronto!), e tirava a panela do fogo. O Cabelo, que tinha a mão grande, pegava um quilo de pipoca e enfiava na boca. Eu mastigava até a panela acabar, feliz, e plantava na terra os milhos que não estouraram.

Eu achava que, a cada verão, a plantação nascia por minha causa.

Terminei o prato de ovo e apoiei os cotovelos na mesa, com um suspiro. Mãe e filho continuavam falando e falando, sem respeitar um mísero silêncio de quatro segundos.

A mãe do Cabelo estava satisfeita com o próprio quadro. Ela disse que os pingos da chuva deram o toque final na tela e falou que nosso retrato ficou "muito realista". Eu me senti um borrão azul, derretido e rachado. Meu braço não era o braço, meu braço era a cabeça. Minha cabeça não era a cabeça, minha cabeça era o umbigo. Elogiei as cores do quadro e baixei os olhos para a toalha de mesa. A mãe do Cabelo me serviu mais ovo frito. Ela roía uma espiga e falava da dificuldade de se captar nuances, cores e formas. Ontem mesmo, ela teve que levar a paleta e o cavalete para o caminho da zona proibida. Foi lá que conseguiu captar as formas da plantação, o que resultou naquela confusão de cores espalhadas umas sobre as outras, quentes, frias, uma multidão de linhas bizarras, verde-veronese, azul-galocha, amarelo-berrante. *Passei o dia inteiro lá, até escurecer.* Quando caiu a tarde, ela recolheu as coisas e voltou para casa. No caminho, encontrou o Bruno.

Fazia tempo que ela não via o Bruno. Segundo a mãe do Cabelo, ele estava espichado e desproporcional, perfeito para virar retrato. O Bruno não topou. Ele tinha largado as aulas de pintura. A mãe do Cabelo achou uma pena e informou que o rosa era o novo azul. E o azul, o novo laranja. Ela se despediu do Bruno e notou que seus joelhos não estavam ralados. Nenhuma ferida. *Ele tinha tomado banho*, ela disse. *E não gritava mais.*

11

Pisando as tábuas quebradas, despenteei minha franja e vi pela última vez o fantasma da casa da árvore, os galhos sem folha, o monte de entulhos. Meu barco chegaria a qualquer momento, com a minha mãe no leme. Enquanto esperava, fiquei lá. Subi em um amontoado de latas, juntei um time de pedrinhas, rabisquei a terra pensando no besouro Bob, em como ele conseguia correr tanto. O Chibo e a Mari tinham ido embora no dia anterior, com o meu pai. A Mari disse que não tinha espaço pra mim no carro e me empurrou com a mochila.

Quando o céu já ia encardindo, o Cabelo veio me ver nos destroços da casa. Ele estava penteado e usava um sapato que eu nunca tinha visto. Perguntei se também estava indo embora, mas ele fingiu não escutar. Falou da vitória do Olaria e garantiu que agora avançaríamos no campeonato. Quis saber sobre a contusão do Tampinha, sobre a temporada seguinte, sobre a melhor marca de bolinha de botão. Perguntou quem seria o próximo espião búlgaro e quem faria o vilão. Informou que a árvore vermelha estava secando, assim como a enorme copa em volta da nossa antiga casa suspensa, que agora não passava de um galho doente. De fato, não havia mais folhas nas árvores ou espigas nos pés de milho. E as abelhas, ele disse, pegaram gripe. Fomos andando até a estrada como se fosse um dia comum. Uma frente fria de outono despenteou o Cabelo, que lambeu a mão e tentou assentar os fios mais rebeldes. Então ficamos em silêncio. Meu pensamento vagava pela zona proibida, onde se esquecem ferramentas e os mortos dormem juntos, e onde nunca tivemos coragem de entrar, embora os corredores fossem os mesmos da plantação.

    Chegamos à beira da estrada e eu avistei o carro da minha mãe, voltado para o fim do verão. Não faltava muito para ela começar a buzinar. Do nada, o Cabelo olhou para os dois lados e atravessou a pista correndo, chegando ao acostamento pouco antes de um caminhão despontar a distância. Ele gritava: *Vai! Dá tempo*, mas eu tinha as pernas curtas demais e decidi não arriscar. Fiquei parado do lado de cá e esperei o caminhão passar. O cheiro de fumaça e óleo queimado foi se tornando tão forte quanto o barulho do motor, encobrindo as palavras do Cabelo e as buzinas da minha mãe. Na caçamba, havia um amontoado de homens sujos e barbudos tomando vento na cara. Tenho quase certeza que reconheci um majestoso topete, um par de galochas garbosas, e acenei para o Tambor... Ele acenou de volta. Aos trancos, o caminhão desapareceu na poeira e eu atravessei a estrada devagar, com as mãos nos bolsos. Todos estavam partindo.

    Do outro lado do acostamento, o Cabelo não gritava mais, arrancava uma casca do joelho com o rosto compenetrado e o olhar decidido. "No ano que vem", ele disse, "vamos construir uma casa da árvore mil vezes maior". Minha mãe buzinou.

Caminhamos o Cabelo e eu (e era um dia ímpar) até nos separarmos. Ele acenou de volta, seguiu. Cantarolava baixinho: "O braço não é o braço, o braço é a cabeça", eu continuei na direção oposta, a do carro, "a boca não é a boca, a boca é o umbigo", e ouvia menos, cada vez menos.

Este livro foi impresso na
LIS GRÁFICA E EDITORA LTDA.
Rua Felício Antônio Alves, 370 – Bonsucesso
CEP 07175-450 – Guarulhos – SP – Fax: (11) 3382-0778
Fone: (11) 3382-0777 – e-mail: lisgrafica@lisgrafica.com.br